詩を朗読する
詩人の会「風」編

アンソロジー風 XIV

2023

ご挨拶

詩を朗読する詩人の会「風」世話人一同

本年は、「詩を朗読する詩人の会『風』」創立四九年目にあたります。毎月第三日曜に開催しております例会も五三三回を越えました。これもひとえに皆様方のご協力があったればこその成果です。

本会は昭和四九（一九七四）年二月二日に、大阪梅田新道のクラシック喫茶「日響」で生まれました。オイル・ショックがトイレットペーパー騒動に発展し、突然紙不足が生じ、新聞も十数頁に減じざるをえないほどすさまじいものでした。詩誌で作品を発表していた詩人たちは紙不足から雑誌の継続が困難になり、雑誌の代わりに声で作品発表をしようとのアイデアで一回きりで終わるはずの会が、本会のそもそもの目的でした。ところが大入り満員で朗読希望者を消化しきれず、継続を余儀なくされました。そうして世話人会を作り、初代代表世話人に榊次郎が就任しました。どちらかといえば、受け身の姿勢でおぼつかない歩みを始めたのです。二年目に代表は水口洋治に交代いたしました。

以後、参加者の様々な提案に私たちは進路を教えられ、五〇回目に最初の『アンソロジー風』を刊行し、百回からはアンソロジーと「ポエム風フェスティバル」と題したイベントをも行うようになりました。平成六（一九九四）年の『アンソロジー風Ⅳ』から作品の募集範囲を全国に拡大し、平成八（一九九六）年には「風」賞を制定いたしました。

こうして私たちは朗読を通じて詩人と詩人、あるいは詩の愛好者とがつどい、詩を愛する者の場を積み重ね、アンソロジーによって詩の輪を全国に広げてまいりました。現在の世話人は市原礼子、榊次郎、左子真由美、永井ますみで、持続的に活動をしています。

詩は心です。心を広げ、人を愛するのが詩です。そして文学の初心です。私たちは今後ともこの心を大事にして、朗読会活動、アンソロジー刊行、「風」賞やイベント開催を続けてまいる決心でございます。なにとぞ、今後とも熱いご支援をお願い申しあげます。

令和五（二〇二三）年七月吉日

カバー・扉写真　尾崎まこと
ゴッホアライブ展（兵庫県立美術館）にて
２０２３年５月

目次

◆ CONTENTS

◆ CONTENTS

◆ CONTENTS

作品

キャラメルのかみ

青島江里

夕日のような匂い
だけどしょっぱい味がしそうだ
今日のわたしのキャラメル色は
しかめっつらのかたちをしている
だれにも知られたくなくて
そっとポケットの奥に忍ばせた

好きとか嫌いとか
上とか下とか
有るとか無いとか
早いとか遅いとか
こころの四つの角がひとつ立つたびごとに
ひとはあっけなく傷ついて
空をみる時間さえも失ってしまう
わたしはわたしが傷ついた
見えない角をととのえながら

◆青島江里

未来の味をあたためてゆきたい

ガラス色した飴細工のような
キラメク未来もいいけれど
キャラメル色したやわらかな未来に
かわらない憧れを抱いている

わたしの中にあるしかめっつらの
しょっぱいキャンディーの時間
うまくうまくブレンドしながら
あまい塩キャラメルにできたらいいのに

今は口にしたくてもできない
わたしの生きるこれから
わたしの生きてゆくかたち
何かに誰かにひびわれてどこかに
こぼれて消えてしまわないようにと
今はまだのみ込めない明日を
つつみこんでくれるものは
広すぎて見えないキャラメルのかみ

あおしま　えり
所属詩誌　「MYDEAR」「ＰＯ」
著　　書　詩集『無数の橋 ― 君へのエール ―』

男と女

秋野光子

目　穴を開けるほど見る
鼻　知らない人を知っているかと
　　嗅ぎまわる
口　口も唇も食べる
　　胸をほおばる
　　髪もうなじも
　　背中も腹も
　　指までもしゃぶる
耳　違った声が聞こえてこないかと
　　右に左に尖らせている
手　つかまえて放さない
　　大きく伸ばす
　　広げて囲う
足　ジャンプして
　　空《くう》を　駆ける

◆ 秋野光子

目
夢ばかり見ている
鼻
花の香りを知りながら
けものの匂いを知っている
口
蜂を吹き出して胸を刺す
音色《オンショク》を奏でてとろけさす
耳
聞こえないものを聞いたと云い
聞いたことを忘れる
手
小さなものを大きくする
せわしなく動き
紡いで鳩をだす
足
ちょこまかと地面を歩く

あきの　みつこ
所属詩誌　「ＰＯ」
著　　書　詩集『電話』『万華鏡』

封印

朝倉宏哉

ひとは誰も何かを封印している
こころの奥深く
覆いをして
ほどけないように
しっかりと結《ゆ》わえて

ひとつやふたつではない
年を取るほどふえていく
大きな恥　小さな罪
深い悔恨　浅い懺悔
ぬめる蛞蝓《なめくじ》　うごめく毛虫

白日に晒《さら》せば息苦しいから
見えないところに封印し
微熱を帯びてくる時は
ひそかにじっと耐え忍び
穏やかに暮らしている

◆朝倉宏哉

決して口外しない
それは言葉にできない
それは言葉にならない
言葉以前の物語
言葉以上の物語

ひとはそれを墓場まで持っていく
火葬ならば灰になり
土葬ならば土になり
風葬ならば風になり
その時　ひとはほんとうの空《くう》になる

あさくら　こうや
所属詩誌　「幻竜」「ヒーメロス」
著　　書　詩集『ふくろうの卵』『叫び』

黒猫がやって来た

麻田春太

私の服に貼り付くような
どろどろの風が吹き曝し
吹き溜まりに
黒猫が来た
ひとりやっと生活できるのに
黒艶のふさふさした毛を
ゆらゆらさせながら
眼を光らせ
私の残飯を漁る
シュッシュッと手で追い払おうとしたところ
襲いかかって来た
びっくり仰天
仰け反って
気が遠くなった

目が覚めると
そこには

黒猫の群れが居座っていた
もう私の居場所はない

あさだ　しゅんた
所属詩誌　「九州文学」
著　　書　詩集『アポリアの歌』『虚仮一心』

佛教、ありがとう

あたるしましょうご中島省吾

ラララララ、哀しくても自分の人生が好きだ
もう一度、同じ人生でやり直したい
ラララララ
メジャーな佛教の生まれ変わりを持つ、お地蔵さまにみこころが癒されています
お地蔵さまの神社のお守りにひもを通して、首から下げています
お地蔵さまの完全宗派の思想じゃなくても
お地蔵さまの関連宗派分派の、脇役の愛の思想に絡まれて、西洋の神から護られて
ラララララ、お地蔵さま、佛教、ありがとう
ラララララ

二〇一五年ごろに、私が教会除名になり、お母さん死んだ原因になった
私をストーカー呼ばわりの女性は
障がい者同士で結婚された
私のほうは二〇二二年九月、再び教会に受洗者ではなく、求道者として通い三年生
（洗礼は取り消されたので、再洗礼が受けれるかどうか）
壮年新人牧師になって、入場拒否は解けた
昼ごはん時、弁当はないので、食事抜きの昼休み、駐車場で独りタバコ吸っていたら

◆あたるしましょうご中島省吾

そのストーカー呼ばわりのＫ子の旦那が愛妻弁当食べながら、やってきた
「Ｋちゃん、悪く言ったら、シバクどー」
一言言い食堂に帰って行った
その後、一四時から夕拝
旦那が「野菜と煮魚中心のなによりも、Ｋちゃんに感謝します」
すると、教会内で歓声が起きて、壮年長老ＳＳがヒューヒューヒューヒューと言い
周りもつられて
大拍手
私も大拍手でヒューヒュー
話したことないが

あたるしましょうごなかしましょうご
所属詩誌　「ＰＯ」
著　　書　詩集『入所待ち』・小説（改訂増補版）『本当にあった児童施設恋愛』

白い月と夢の景色

阿部由子

ことばには意味ばかりでなく
固有の景色がある

夢の中で飛び交うきれぎれのことばが
いつか見た景色を浮かびあげることがある

それは未来を示唆する希望の意識なのか
それとも過去に埋もれた意識の断片なのか

そしていま　夜の深いとばりを押し上げて
淡い空気がゆっくりと漂い始めた

はるか上空を渡る一陣の風が
西の空に残る白い半月をかすめる

自在に揺らぐ時空の深い裂け目から浮かぶ
ことばと景色の緩やかな遭遇の時

◆阿部由子

日の出を待たずに没してゆく白い月の残照は
不安と期待が相克する日々の営みに似ている

朝の眩しさから目を背けようと
わたしを律してきた頑なな思いをいまこそ脱ぎ捨てて

散り散りに飛び立つことばと
空隙を縫って現れる景色をそっと抱きしめ

わたしがわたしであることを確かめるために
今日もあの遠い景色を追いかけてみる

朝の生気がみなぎっているというのに
月はまだ白く鈍く漂っている

あべ　ゆうこ
所属詩誌　「銀河詩手帖」
著　　書　詩集『水先案内人』

息継ぎ

有原一三五

鼻から口から
水が　入りむせ
息が続かない
からだ　ぎこちなく
すぐ　泳ぎが止まってしまう
六十年ぶりに　プールで

すこしだけ習った
ひと夏の大和川水練学校
浮こうと思うな　沈め
吸おうとするな　まず息を吐け
思い出して　和式の横泳ぎ
手を伸べ掻き　もだえながら

足の煽り　繰り返して
やっと息が楽になった
何度か通ううち

◆有原一三五

二十五メートルに
届きそうになったが
ゴールに近づくと

気が焦り　沈んで
息が継げなくなる
見えない水平線の向こうが
ゴールと思え
思い返し　慌てず煽ったら
伸ばした手が　届いた

もうじき　ゴールと
感じるようになった　この頃
急く息になるのは　いつだろうか
今すぐかとの　予感もなく過ごす日々
浮き上がろうとせず　沈んで手を伸べ
もう少し煽って　息を継いでみようか

ありはら　いさお
所属詩誌　「山陰詩人」
著　　書　詩集『酊念祈念』Ⅰ～Ⅳ

灯《あか》り野

石川早苗

朝まだき
仄明るい大地に下りたった
ひとあしひとあし
差し出す先に
次々と瞬く
小さな灯り
私の後ろ
足の跡にも
それぞれに首をもたげ
咲きゆく　花

花が私を
導いているのか
私を花に
与えているのか
天の律動よ
地の理《ことわり》よ

◆石川早苗

私に道が示される

影を孕むひかり
うつろう花のいろ
これが道というのなら
あるいていくしかあるまい

わたしにきざす
ことばをひろいながら
いきつもどりつ
灯り野
の
なか
を

いしかわ　さなえ
所属詩誌　「火片」
著　　書　詩集『蔵人の妻』『言尽くしてよ』

身をゆだねて

石村勇二

死にたいなどと思って
自殺まで考えていた頃のわたしは
自分を愛してやることができなかった
意識をなくしてしまいたいと思って
深酒までしていた頃のわたしは
自分を肯定してやることができなかった

ここではない場所を求め
今ある自分ではない自分を求めていた
あの頃のわたしは
虚無と焦燥の連続であった

自分を愛することのできなかったわたしは
ひとを愛する能力に欠けていた
自分を許すことのできなかったわたしは
ひとを許す寛容さにも欠けていた
口で平和を唱えていても

こころに平和のなかったわたしは
平和のありがたさを知らなかった

人生にムダなものは何ひとつとしてない
統合失調症になったのも
アルコール依存症になったのも
そしてそれを乗りこえて
自分にもひとにも優しくなれたのも
すべて必然で　意味のあったことなのだ

先端を切られたゴムの木も
また横から枝葉を伸ばしている
自然の生命力は教えてくれる
自分を信じて　自分のあるがままに
今　この瞬間　ここで生きていくことを

いしむら　ゆうじ
所属詩誌　「RIVIÈRE」
著　　書　詩集『都市』『ガラスの部屋』

十五歳のあのこに　――トリカブトの花

伊丹悦子

わたしはさそおう
秋の雑木林へ
一緒に歩きに行こうよ――と
ひとりぼっちのあのこを
さそうことなど一度もなかったし
親しく向き合ったことさえなかったのに
長い人生のうちに一度も　あのこを
あのこと認めたこともなかったけれど
まだ十五歳　飢えた獣のような深青の眼をして
野生の心をもてあましていたのだろうか
そんなあのこを好きにはなれなかったのは
あのこの密やかな心の深淵が
　透けて見えるようで……
白いヴェールをかけた「とき」が
わたしたちの貌の上を　なんども　なんども
撫でては行き過ぎたけれど
だぁれ　あのこは何処から来たの

あのこは　まだあのときのまま?
あのこは何処にでもいて　わたしの内にもいる
けっして十六歳にはなれなかったあのこ
旅の終わりにあのこをさそって
——はにかんだように　あのこは
しじゅう　うつむいているだろう
何も言わなくてもすべてがわかるだろう
一緒に歩こう一度だけ　落ち葉を踏みしめ
瞬間　瞬間を過ぎ去る　そのひとときを
明るいあかるい秋の雑木林へ　そこには
あのこが黙ってひとり佇んでいたはずの
あの昏いちいさなくぼみに
損なわれた時はもう取り戻せないけれど
眼の醒めるような碧いトリカブトの花が咲いていて
あのこが微笑む　すばらしい木もれ日が
やさしく包むだろう　秋の雑木林へ

いたみ　えつこ
著　　書　詩集『カフカの瞳』『ものがたりの森』

病棟の窓

市原礼子

リハビリ病棟の窓から見える公園は
レンガ色の道がジグザグ続く
いつかそこを歩こうと
毎日眺めていた

結露の窓を
リハビリを兼ねて右腕で拭いていると
向かいの建物の隙間から
空をピンク色に染めて太陽が昇ってくる

朝の光は室内に伸びてきて
たちまちに眩しさを増してくる
朝陽が私の身体に当たり始めた時に　ひとつの啓示
今生きていることこそ　おめでとう　なのだ

前日に若い人から
お誕生日おめでとうございますと言われたのに

◆市原礼子

七十二歳の誕生日がめでたいと思えなく
若さがうらやましかった

公園のジグザグ道を歩きながら
病棟の窓に人影を探す
あの窓の奥に私がいる
思い惑い苦しみながらベッドに座っている

なおも目を凝らしていると
こちらを見ている人がいる
私の姿は見えているだろうか

いつしか雪が舞いはじめ
窓は白い世界に閉ざされようとしている

いちはら　れいこ
所属詩誌　「RIVIÈRE」
著　　書　詩集『愛の谷』『フラクタル』

北風と太陽・第二章

伊藤康子

風が吹いてくる
頭上でぐるぐるまわり
頭の中まで入り込んできた

かつて
山道を歩いていた時
キーン　コーン　と
枝と枝のぶつかる音を聞いた
ザワザワ　サワサワ　と
木の葉と木の葉の擦れる音を聞いた

嵐の前触れのような風が吹き抜け
見上げた瞳に灰色の雲が流れ去っていった

今　頭の中に入り込んできた風は
体の中に留まって全身を揺さぶっている

◆伊藤康子

マスクを吹き飛ばし
鉄砲の弾を弾き返し
嵐となって吹き抜けてほしい

体が揺れ　心が揺れ
倒れ込むようにその場に座り込む
雨は降って来ない
ただ風が　大風が
竜巻のように体の中で暴れまわる

出口はどこだ　何処だ出口は

胎内に巣くってしまわないように
共につなぐ手を探して
右をみて左をみて　世界中をみて
空にむかって大きく息を吐く

宇宙の奥から一筋の光
すがりつくように手を伸ばす

いとう　やすこ
所属詩誌　「銀河詩手帖」「潮流詩派」
著　　書　詩集『あしあと』『花をもらいに』

めんどぉくさい

岩井　昭

しごともりたいあし
のこされた
いちにちいちにち
大切にいきなければ
そうおもっていたのに
きょうはまだ
なにもしていない
あいまい
ぼんやり
ぐずぐず
過ごしている

ああ
いやだ
いやだ
いちいちめんどぉくさい
情けない

◆岩井　昭

木蓮のつぼみに
なりたい
なれない
なんにも

曇り空
晴れた空ではない
青い空でもない
おひさんがみえない
それがどうした

春なのに
過ぎていく
あれよ
あれよ
過ぎていく

いわい　あきら
所属詩誌　「ぱぴるす」「詩食」
著　　書　詩集『ひるま☀です』『ひだまりひとつ』

自転しながら公転する

上岡弓人

朝起きると
朝日の昇る山の頂を眺める
夜が明けてくる
一日の始まりだ

私も地球も
一日に毎時千五百キロのスピードで自転する
太陽の方を向いた明るい時も
太陽に背を向けた暗い時も

同じリズムでくり返し
生きる営みを続ける
毎秒間　来る日も来る日も
そして一年かけて太陽の回りをまわる

山の上も海の中も
地球上のすべての物が

◆上岡弓人

人も獣も鳥も魚も
木も花もウイルスに至るまで
同じ地球という船で
宇宙を進む
そのちっぽけな乗り物の中で
争いが絶えない

いっそ地球の回転を止めてみようか
そうすれば……
待てよ　その前に気づくはずだ
争いがもたらす悲劇の結末に

うえおか　ゆみひと
所属詩誌　「黄薔薇」「穂」
著　　書　詩集『消えた時間』

菜の花

魚本藤子

もう少ししたら
花になるものを食べる

小さな蕾の中には
これから花を開かせようとする
りんりんとした勇気が充ちている
その勇気を食べる

それは
どんな困難も打ち砕く抗酸化物質で
生きていくのに
大切な栄養素になるらしい

花になろうとするものたちは
小さな声の形をしている
—花になろう
—花になりたい
その囁きを食べる

ざぶざぶ流水で菜の花を洗って
茹でて辛し和えにする
私の考え方の中に
菜の花の苦みと甘味が混じる
もうきっと
どんなことにも
物怖じしなくなるだろう

今日は
風が西から吹いてきて
菜の花畑がさわさわ揺れる
私の目の中に
菜の花の黄色が充ちてくる

菜の花を食べる

これから
花になろうとするものを食べる
瞬時に頭から足先まで
アブラナ科アブラナ属の
しんとした強さとかなしみが駆けめぐる

うおもと　ふじこ
所属詩誌　「新燎原」「千年樹」
著　　書　詩集『くだものを買いに』『鳥をつくる』

ニャオン

内田　縁

チリリンチリリン
音は走り去って
チリリンと遠ざかり
リンと消えるまで耳に響いてくる

耳元で聞こえた音色は
この手でつけた猫の鈴だった
今も杉の葉を毛に絡ませて溝に入り込み
夜を走りまわっているのだろうか
柱時計は午前二時を過ぎている

そっと窓を開けて
フクちゃんと呼んだ
夜風は熟しかけた柿を
カンテラのようにゆらし
あたりはほんのり赤くなったから
もういちどなつかしい名前を呼んでみる

◆内田　縁

せっかくチリリンと
鈴の音に目が覚めたんだ
恋敵にやられた哀れな格好でも
走りさってゆく姿でもいい
このままじゃさみしいよ
わたしの目の前に来て
ニャオンと鳴いてくれないか

うちだ　ゆかり
所属詩誌　「RIVIÈRE」「みえ現代詩」

重し

大西久代

暮れきる前のわずかなあかるさ
森閑とした住宅地をあるく
不安が胸までおし寄せ　靴底を重くする
門構えの立派な邸宅
クリニックはその隣にあった
時間になりガレージがあけられると
待合室が見渡せる
照明の落とされた部屋へ女性たちが入る無言で
受付を済ませ壁ぎわに座ると
前面の壁に三段に飾られた花が目に入る
恐らくは薔薇やカトレアの白いオブジェ
偽物の落ちつきを放って痛々しいほど豪華だ
名前が呼ばれドアーを押して中へ
　子宮癌の検診もしておきましょう
痩身の女医さんは無駄なく事をはこぶ
痛みに顔が歪む
よそよそしかった白い花が目に入りこむ

◆大西久代

悲しみが積み重なった色
偽物であることに安堵する
二重ドアーの向こうの生々しさ
痛みや悲しみに耐えるわたしと
時間の長さを乗り越え
畏れに声をあげるわたしが
ひっそりすれ違う
おんなだけの体に課せられた重し
無味乾燥の花だから許せると思った
玄関先にも大きな甕に豪華な赤い花々が咲く
冬には決して咲かない花
質感の異なる花びらがなお
新しい傷を呼びこんでくる
門塀をそっと閉める
夜の海に息を潜めた声が漂っている

おおにし　ひさよ
著　　書　詩集『海をひらく』『ラベンダー狩り』

マリウポリのネコ

おおむらたかじ

ウクライナ・マリウポリ。
アゾフスターリ製鉄所。
その地下から助け出された人々の間をぬって
真っ先に出てきたのは
お、ねこです
マリウポリのネコ。

ひでえよ

と猫は言って
ぷりぷりと体を振りました
たくましい猫のりんとした目。
やつれてなんかいないのです
マリウポリに生きるネコ。
破壊し尽くされた街の人道回廊に猫登場。
自分の家とおぼしきあたり

おい、山羊たちは無事か
焼け跡に踏み込んで
猫のかすれ声。

沈黙が続いて
歩き回る猫。
どうなってしまったんだここは

やがて
猫の姿は消えて
そこにいるのは一人の農夫。
農夫の腕の中に猫。
…遠く砲撃の音。

二〇二二年五月。
また砲撃の音がして
日本にいる私に聞こえてきたのです
マリウポリのネコの、

にゃおっ。

おおむら　たかじ
所属詩誌　「詩人会議」
著　　書　詩集『いちごによせて』『火を入れる』

こころ

大山いづみ

ねえ　知ってた
本当はね
とっても傷ついちゃったの

ねえ　知ってた
本当はね
とっても苦しかったの

ねえ　知ってた
本当はね
わたし　貴方が大好きだったの
だから
とても辛かったの

でも　貴方との想い出が
くり返し私の中で蘇る
貴方と過ごした日々が

私を明日へと導いてくれている
だから平気
自分の道を歩かせてくれたことに
感謝しているの

違った道だけど
いつだって何かに向かい進むことは
素敵なことだってわかっているから

ふと見ると
モッコウ薔薇が風に揺れて
あなたの笑顔と重なった
前を向いて歩いてことに
幸せを感じて

おおやま　いづみ
所属詩誌　「汽水域」「風舎」（いわきの総合文藝誌）
著　　書　詩集『心の風景と地下室』『言葉の花束』

風

岡村直子

海辺の部屋のカーテンが
ハタハタと
風にそよいでいる

長い年月をかけ
異国からわたってきた風は
何を見
何をかんじてきたのか

窓辺をヒタヒタとこすり
突如　宙返りなどして
じぶんをアピールさせ
サッと逃げていった

そんなに急ぐことはないのに
今日のおまえさんとは
もう

◆岡村直子

二度と会えないのだから

風は
モノをつくり
モノを破壊する
ニンゲンのように
だ

風はいうだろうか
いや
ニンゲンが
風のようだ
と

おかむら　なおこ
所属詩誌　「穂」
著　　書　詩集『をんな』『ポケットの中の潮騒』

BODY LANGUAGE

岡本清周

言葉を無くした俺が
あなたと
結び合えるとするならば、
ただひとつ。

この黒い肉体だけだ。
この黒い肉体は
時に荒れ狂うが
青い月夜の森を
散策しながら恋を語る。

この黒い肉体は
きみどり色の海原を
遠く望みながら愛を慈しむ。
肉体それぞれ、
髪はやさしさを揺らし、
瞳は多様な言葉を語る。

◆岡本清周

耳は多色の想いを聞きとり
鼻は分厚い歴史を深く静かに呼吸する。
唇は森林ほどの深い心を見つめつづけ、
両手ははるか未来を指差し、
両肩は愛おしさを丸く愛撫する。
慈悲深い胸は熱き心を内包し、
強靭な腹部はゆるぎない正義を秘める。
二本の健脚は過去から現在を歩き来て、
未来へと突き進む。

この黒い肉体にわたしたちは
全ての恋と愛とを刺繍する。

おかもと　せいしゅう
所属詩誌　「浜木綿」

バス停にて

尾崎まこと

心配事のまるでないような
秋の日の正午である

バスは青い空の駅で停車したまま
地上の駅に降りることを忘れている
その代わり僕は
思い出しそうになる
記憶のない日々を
声をあげて
思い出しそうになる
あの日の幸せに
記憶は必要なかったのだろう
だから　あなたのことは
すっかり忘れてしまっている

だけど
お天気に誘われて

◆尾崎まこと

思い出しそうになる日が
年に一度か二度来る

そしてほら
バスが来た
あなたを思い出す　ちょっと前に

おざき　まこと
所属詩誌　「ＰＯ」「イリヤ」
著　　書　詩集『断崖、あるいは岬、そして地層』・写真集『大阪・SENSATION』

不可能「帰去來」

梶谷忠大

ゆたやかな綿津海《わたつうみ》
ひかり受けかなしくも藍《あい》を放ち
帰郷者の瞳を射る
しずまる瓦屋根・石垣・板壁
渚は埋め立てられ
磯ガニ・玉石・砂…寄せ返す波の
内耳遠き音響よ
住まい人は老いにけりな

タチチチコグサ　父よ
村落をつらぬく川は疾《と》うに暗渠《あんきょ》となり
その上を歩む足は萎《な》えて
力点《りきてん》定まらぬ「し」の発語
墨蹟・色紙・短冊・戦争・写真機
整理されるわずかに精神を仮託された物品
日常の果の死を
非日常にせむとする理想を誡《いまし》め

ホソバノヤマハハコ　母よ
むしろ女であるあなたこそが
時代と重なることを拒みながら
重石《おもし》の下の肉塊のように弾《はず》み
鬱積《うっせき》してきたのだ、言葉群を
受け止める者の非在に耐えながら
視力が衰えていく
己に還《かえ》ろうとする坂道
その心の傾斜を肉体が阻《はば》む

――この疲弊《ひへい》の背後に、政策があったのだ
帰郷者の非難はこだましない
身捨てられて在る美しさを誇るのは
自生を巡らせるもの――山海草木
お母屋《もや》ばあやん
隠居《いんきょ》ばあやん
オレンジの日向《ひなた》の縁先に
豆皮剥《む》く茶色い時代を懐かしむ
おまえの危《あや》ういうしろむく姿

かじたに　ただひろ
著　　書　詩集『ことばの流れのほとり』

光

加藤廣行

光を見たことはないだろう
そう　僕らは振り向かずに歌うから
夢の呼びかけを聴いたことはある？
でも　痛みは疑問のかけらより速いし
駆けめぐる星は道を選ばない

確かに
見えないものがある
どうしても
聴こえないことがある
一粒の雨の中で育つ希望の温もりや
眼の中で繰り返される潮騒
僕らの深いところで球形の記憶たちが
呼吸している

◆加藤廣行

かすかな予感
渦を巻く色彩
輝きを求め
しだいに速く
少しずつ先を研ぎ
矢のように透き通る時間

光！

遥かな波の音が聴こえるだろう
君の背中に今着いたばかりだ

かとう　ひろゆき
所属詩誌　「ＰＯ」「山脈」
著　　書　詩集『夜伽話』『荒地を売っている店』など

キツツキ

金田久璋

キツツキはたと迷ってしまった　深い森のなかで
昨年の秋に樹皮のあいだに隠しておいた
木の実がとんとわからなくなってしまったのである

うろたえることはない
キツツキ科の仲間も同じく
すっかり失念しているので

どこかで見つかることがあるから
おあいこなんである　世間は至って
そんなもんなんである　相身互いあわてることはない

せわしなく木の洞を叩く
乾いた音がひねもすしている　谷間からこだまを呼び覚まし

あちらこちらで　かぶさった雪が
揺さぶり滑り落ちる　幽玄なしずり雪に対峙し

◆金田久璋

途端に大悟するものもいる

かねだ　ひさあき
所属詩誌　「角」「イリプス」
著　　書　詩集『賜物』『鬼神村流伝』

錯乱の空気

川口田螺

冷え切った空気の中に
汚れた生《なま》暖かい一筋《ひとすじ》の風が吹いている
それを吸った刹那《せつな》に
切羽《せっぱ》詰まった嗚咽《おえつ》を生じ
身体中が炭酸ガスに犯される
清い空気を求めて
苦しい深呼吸をすれば
頭がクラ〳〵して身体がふらつき
誰からも見守られることなく
今まさにそのままどっと倒れ伏しそうだ

どうしようもない喧噪《けんそう》の中に
気だるい静けさがあり
四つんばいの手と足が
震《ふる》えて身動きがとれないまま
まるで虚空《うつろ》に浮かんでいる
神経の疲れが

◆川口田螺

身体中の疲れと重なって
目先だけが現実の中に空中分解し
胸の内がみだれに乱れ
かろうじて残った生気《せいき》も霧散《むさん》してしまう

誰からも見捨てられ
立ち上がる気力はなく
錯乱《さくらん》した腐《くさ》った脳ミソに
目ン玉がくる〱廻り
心がバラ〱に崩壊《ほうかい》してしまう
身体が粉々に散りそうで
誰もいない大海原《おおうなばら》を前にして
あるいは孤高の山に抱《いだ》かれて
地獄だか極楽だか天国だか知らないが
今まさに一人淋しく召されようとしている

かわぐち　たるい
所属詩誌　福井県詩人懇話会「角の会」
著　　書　児童文学小説を電子出版

生きもの　―蛇―

河原修吾

曲がっていた棒が　真っすぐに
伸びたのです　わたしの門の前で

躊躇いながら跨ぐと
そいつはわたしをちらっと見てから
おもむろに動きました
ねっとりとした生身の
奥まで裂けた紅い口から
舌を鞭のように出しては引っ込め
舐めるように這って
わたしの庭の草叢に潜り込みました

しばらくすると
露に濡れた草の上で鎮座しています
なにか大きなものを呑みこんだのでしょう
ぷくっと胴を膨らませて
不完全なとぐろを巻いています

顔は三角でないから
毒は持ってなさそうです
頭を動かしては
さてどうしたものかと
周りの様子を窺っています

やがてゆっくりと動き始めました
奥の座敷の方へと　くねくねと
長い軀を畳にこすりつけて
わたしを熱くさせ
ぬめぬめした精を置いてゆきました
それは乾くと銀色に輝いて
生の道筋を示しているかのようです

かわはら　しゅうご
所属詩誌　「コオサテン」
著　　書　詩集『ゴォーという響き』『のれん』

晩夏

川本多紀夫

昼のほてりがまだ残る
晩夏の夕べは
侘しく　もの憂い

庭先を通りすぎていた
風がはたと落ちて
小鳥たちが鳴き止む

緩やかに傾斜がつづく
避暑地の町筋から
人影が消えてゆき

わき道に咲く葛の花が
甘く匂いはじめると
蝶たちの季節は終わりだ

今日も何もしなかった

◆川本多紀夫

ゆっくりと
季節の影がうす色の
背中を見せて去ってゆく

追憶と悔恨はおなじだ
言葉もかけず
手紙も出さずに

わたしは　一番大事なときに
何もしなかった

かわもと　たきお
所属詩誌　「RIVIÈRE」

別れても身体の中で生きていく

上林忠夫

春の雨はヴィーナスのいたずら
地上のものを叩いてすましている

きみは知っていたんだね
残していった
『マルチェッロのオーボエ協奏曲』*を聴けば
私の奥深くに住んでいたものが
芽吹くように動き出すことを
その事実に
私が気付く日が来ることを

雨はオーボエに耳打ちし
すべてが一点に向かって伸びていく

心臓のあたりに手を置いた
きみの命の高鳴りが
私の孤独の音と縺れ合い　やがて

ひとつに満たされていくことを
きみは知っていたんだね

雨はいくつもの白い線を引きながら
ひとつの言葉に養分を与えている

今日はすっかり思い当たった
五十年前
演奏会で聞きとれなかった言葉
「別れても身体の中で生きていく」
それを私が望んでいたことだ、と
きみは知っていたんだね

＊オーボエ協奏曲 ニ短調 第2楽章 アダージョ「ヴェニスの愛」

かんばやし　ただお
所属詩誌　「焔」「日本未来派」
著　　書　詩集『風の話』

しごと

北村　真

なんで　大きな声で　あいさつ　せなあかんの
シュウチュウリョクって　なんなん
自分にあった仕事って　なんやろか

ゆきちゃん　聞こえてる
教室の天井を　いつも　見てるけど
だまって　見てるけど
そこから　ゆきちゃん　私のかお　見えてる
ゆきちゃんは　ええなあ
横になったまま　ちょっと笑っただけで
なんか　うれしいことあったんかなあ
楽しいこと　思い出したんかな　いうて
みんな探すし　私も　探してしまうねんな

たまぁに　悲しそうな　目　して
泣きそうに　口　尖らしたときなんか
どこが　痛いねんやろ

◆北村　真

なんか　いやなことあったんかなあ
みんなは　聞くけれど
ゆきちゃんは　なんも言わへん
だから　みんな　気になって　集まってくるねん

それが　ゆきちゃんの仕事や　いうて
ゆきちゃんのおばちゃんが　笑ってたけど
ほんまに　そうやなあ
ねころんでいる　ゆきちゃんの目　見たら
深い深い　青空　みたいやなあ　と
あの日　おばちゃんに　言うたら
そうかもしれんなあ　言うて　また笑って
窓から外　長いこと見てた　あの時のおばちゃん
ゆきちゃんと　おんなじ目　してたんやで

あ　先生　いつから　そこに　いたん
そこで　連絡帳　書くふりして
わたしらの話　だまって聞いてたんちがう
ゆきちゃん　今日の話　ないしょやで
ほな　明日　また　来るし

きたむら　しん
所属詩誌　「詩人会議」「冊」
著　　書　詩集『キハーダ』『朝の耳』

母の声

木村孝夫

母の声が聞こえてくる
ひまわり大地の先の国から
僕の眼が黒点となっているのは
太陽がその声に反射するからなのだろう

僕が銃の引き金を引いたのだろうか?

近くで人の倒れる声がした
その辺りを指さすように　ひまわりが
風に何度も何度も揺れている
母の声が少しずつ涙声になってきた

生きているのだろうか?
近くの人も銃を持ったままなのだろう
ひまわり畑の上に倒れたままだ
一日が過ぎて二日が過ぎた

僕は生まれ変わってここにいるのか
母さん　と声にだしてみた
近くの人も
母さん　と声にだしている

母は泣きながら
僕の頬をなでているようだ
近くの人の母も
同じように息子たちの頬をなでている

僕たちは　どこかで
仲良く笑い会える日が来ればいいのだが
そう思いながら
短い時間だが
ひまわり畑の中で過ごした

きむら　たかお
所属詩誌　「詩人会議」
著　　書　詩集『福島の涙』『十年鍋』

白鳥

倉田史子

つきぬけるような青い空
岩手山の上空を
白鳥の群れが楕円を描き飛んでいる
そんな絵はがきのコピー

（岩手山と白鳥の北帰行）の見出し
　じっと見ていると涙がでます
　　こうしてみんなで励まし合いながら
　　遠く遠く帰って行くのですね
と所沢市の詩人から届いた光景

何千年何万年ものむかし
気の遠くなるほどの距離を飛び
はじめて岩手山のふもとに降り立った
清冽な鳥の群れ

白鳥は自分の肌で

◆ 倉田史子

天空に風の道をみつけ
仲間と励ましあって飛来し
帰って行ったのだ

羽ばたいて羽ばたいて
ひたすら羽ばたく群れが
やがて豆粒になる

落伍もせずひたすら飛翔する白鳥
カウカウと鳴きながら
オビになりカギになり渡るみごとさ

じっと見ていると
真剣さに
ほんとうに涙がにじむ

こんな鳥が同じ地球《ほし》に生きている
ことばなどありようはずもない

くらた　ふみこ
所属詩誌　「東京四季」「砧」
著　　書　詩集『こころの樹に花咲いて』『窓辺に立って』

農夫

桑原広弥

この土の中にはもうひとりのオレがいるにちがいない
息をひそめて　ひたすら掘り出されるのを待っている
それは重たい土の漆黒の夜にとらわれたひと粒の種だ

むかし、オレは一羽の鳥にさらわれた
腹の中で胎児のように吊るされ糞と一緒に落ちたのだ
見知らぬ景色のかいだことのない草の間
やがて風と雨とがオレを土の中に葬った

オレは不条理の夢を抱きしめて眠った
自分が何者であるかを知らず
何処から来たのかもわからぬ
ああ、いつになれば生まれるか

確かにあの途方もない長い時間
蝉のすくものように染みついた土
オレは死んでいたのも同じこと

ああ、いつになれば生まれるか

だから待っているのだ
いつか鍬の刃先が打ち込まれ
冷たい光が洪水のようにこの胸を射抜くのを
体じゅうを汗にして全力で待っているのだ

オレを起こせ
その硬い手で抱き上げ空に放てよ
そここそがオレ本来の居場所なのだ

オレの名を呼べ
その乾いた声で孤高の物語を語れ
それこそがオレ本来の有り様なのだ

そんな声のする方に農夫は鍬を振り下ろす
だが、声はいっそう土の奥深くに潜ってゆくのだ

農夫はまた、鍬を振り下ろす

くわばら　ひろや
所属詩誌　「すばる」(紀南詩を愛する会)
著　　書　詩集『半島』『ことの葉・ことの花』

咀嚼

香野広一

庭の片隅で
激しく鳴き続けていた
虫たちが
いつしか　とだえてしまって
森閑としている
樹々の葉も少しずつ落下して
枝の先々が見え隠れしている

秋が　足早に近づいてくると
私のこころの片隅にも
物寂しさが
忍び寄ってきて
闇の深さに驚愕している

部屋の薄灯りの下の
食卓に並んだ
わびしい食べ物

◆香野広一

私は　食べられることへの
ありがたさを
こころの奥に秘めながら
まばらになった歯で
かみしめている

痩せ細った手で
使い慣れた箸とスプーンで
口元に運びながら
生命の糧となる　全てを
誰に気兼ねすることもなく
咀嚼《そしゃく》しながら
物静かに
生き永らえている

こうの　ひろいち
所属詩誌　「ちぎれ雲」
著　　書　詩集『残像』『虎落笛』

#「オンコの石仏」

小篠真琴

まっすぐに伸びるノリウツギの枝を
ゆらす風をかんじながら
私は畑を耕していた
そこは広大な土地だった

耕した畑をふり返ると
長さ20センチを超える流麗な石器があらわれ
私に　ひろえ　と叫ぶのだ
私はひと呼吸をし
鋭利な石器をひろい上げた

その石器をつかって木でも斬ろうかと
豪奢なオンコの木の根元を斬りつけると
木のなかから　石仏があらわれた
石仏は私のてのひらの大きさだ
私は赤子を抱きかかえるようにすくい上げ
すぐに胸元に隠した

石仏が　おぎゃあ　と泣いた気がした

畑作業でぬくんだ体から森のまなざしを受け取ったのか
石仏は私の代わりに畑を耕した
近くの川にある砂金を掘ろうともしていた
石仏の足の裏には十字の傷がある
その傷痕が疼くのだろう
はやく光をてに入れろ　と

石仏は耕した畑をふり返った
まだ　たくさんの石器が横顔を出し
ひろい上げろ　と叫んでいるが
石仏は私にしずかに語りだす
「もういいだろう、じゅうぶんな実りだ
　多くの実りを与えられた」

そうして石仏は
ダムの倉庫で眠りについた
鎖で囲われた2階の部屋は居心地がいいと
だれかが言伝を私に伝えていた

こしの　まこと
所属詩誌　「指名手配」「潮流詩派」
著　　書　詩集『へいたんな丘に立ち』『生まれた子猫を飼いならす』

couple《カプラ》

小島きみ子

湖畔の村で暮らした　アルバムを捲ると、
あなたへの愛がつよすぎて　あなたからの愛は届かなかった。
やがて　立冬の雨が去り　風がチガヤの穂を、
月の光の射す方へと　照らしていたのだが、
手紙への返信は　風が眩しすぎてなにも聞こえなかった、
と　書くべきだったのかもしれない。
鱒とワカサギ漁のために　湖に舟を出した　桑の実や野苺を摘んで、
ジャムを煮た　食べきれなかったワラビとキノコは塩漬けにして、
センブリとゲンノショウコを乾燥させてリースを作った。
葛の葉の干し草を作るのは　冬の兎の餌のため、
暮らしとは　人の形で生きていることの、
豊かさと哀れな残酷さを　思い知るべきで、
草は　草のいのちの為だけに　枯れて種を飛ばす。
木は　木のいのちの為だけに　樹液を調節する。
果実を分配するのは　人間に操縦された自然の術で、
本物の野生は　人間の為の分配などはしない。
人知れず　人に悟られず、

無意味な意味の空無な時間にのめり込んで、
形を失くした生き物の抜け殻を拾って、
部屋に還って鏡を見ると、
メタモルフォーゼした姿形が現れ、
見えるものと見えないものが、
coupler の流動体として鮮やかに流れ、
人間と植物の意識の変容というものをデザインする。
植物はデリケートな知性を持ちながら、
環境に対して頑強な力があり、
見えなかった言語の文体であるかのように、
意識が連結された coupler が鮮やかに流れる。

＊coupler とはＩＴ用語。連結器、結合器、接続器などの意味を持つ英単語。

こじま　きみこ
所属詩誌　「詩素」
著　　書　詩集『Dying Summer』『楽園のふたり』

赤い骨

後藤　順

崩れそうな母の骨を拾う
やんわり掴む箸先
ここはどこの骨だっけ
クイズになりそうな
薄ら笑いがもれる
九十歳はどこもぽろぽろです
火葬場職員が呟く
ああ、赤い骨
自分を忘れた母が
最後まで抱きつくした
市松人形をお棺に一緒に入れた
窯の中で重油の火は
すべてを灰白色するのに
どのように赤い色彩を
骨に融和させたのだろうか
母の血に繋がるものが
何かの料理をとる手つきで

いくつかの箸が次々と
腹いっぱいになる骨壺
一生かかって作りあげた
その重たげな生涯も
笑いたくなるほど軽い
黒いリボンをかけた額物が
死などなかったように
こちらを見つめる
酒を飲み料理を食らい
骨の痛みも忘れたものを
骨壺のそば
赤い炎の衣装をまとった
人形がすらりと立っている
「赤いべべ着たお人形・・・」
母に抱かれた幼児が
祖母に教えられたのか
舌足らずの歌が
ゆらゆら耳底に積もってゆく

ごとう　じゅん
所属詩誌　「ひょうたん」
著　　書　詩集『追憶の肖像』『白い糸』

ある感傷

こまつかん

茶屋で
あなたは白いレースの手袋をはずし
氷の水からラムネをひとつ取り出すと
「ねえ　栓を……」と　ぼくにあずけた。
ぼくは「ほら　これで手を……」と
白いハンカチーフをさしだした。
あなたはラムネを口に含むたびに瓶の中の
ガラス玉の音のする方を見つめている。

（泡が湧いては　はじけ　消えていく）

ぼくはことばをさがしながら
水羊羹が入っていたからっぽの竹筒で
片方のてのひらをポコポコ叩いて
背筋を伸ばしたままの
黒髪のあなたに見入っていた。

別の日
ある里山の体験コーナーで
ふたりで仕込んだ梅酒を持ち帰った。
今は　この書斎で古い酒となっている。
白髪まじりになったぼくは時々
梅酒の瓶をさすってみる。
もう　あなたのために
梅酒の栓を抜く日はないというのに。

（ウッドデッキを　そよ風がつつむ）

今は　としつき　ただそれだけを想いながら
お揃いの使い古した万年筆を洗い
ブルーのインクをブラックに入れかえた。

そして　万年筆を鼻と上唇ではさんでみた。

＊初出は「コールサック」第九十五号（二〇一八年九月一日）。
今回、一部改稿した。

こまつ　かん
所属詩誌　「あうん」「汽水域」
著　　書　詩集『龍』『ことのは』

追慕

こやまきお

電車はまだ来ない
都心から近い新しい街なのに
地方の匂いを感じさせるのは
おそらく目の前に広がる蓮の田のせいだろう
法要の知らせで
被災したきみの街を訪ねたときも
同じようなことを想った気がする
ゆるやかに陽のさす午後
ホームのベンチにもたれ
まどろむなかで
火照る身体に戸惑っていた

箸でつまんだ
白いサンゴのような骨があまりにももろく
きみの豊満な肉体を想像することができなかった
白いかけらをそっとポケットに忍ばせ
そそくさと駅に向かう

まもなく上り電車が来るというアナウンスに
思わず
喪服のポケットをまさぐり
骨を口にした
口が渇き全身が火照る

きみとの思い出が懐かしいとはいえ
思い出したくないことも
思い出してはいけないこともある
午後の陽ざしをさえぎるように
電車の着くアナウンスが響きわたる
まだ来ないでほしいと思いながらもほっとする

こやま　きお
所属詩誌　「那須の緒」「回游」
著　　書　詩集『おとこの添景』『父の八月』

産声

小山修一

静寂凍結騒乱灼熱に身悶え
混沌と秩序の時空を超え
無機から有機への転換を巡り
破壊と創造　否定と肯定　結合と分裂
歓喜と悲哀　愛憎織りなす因果応報
十《と》月《つき》十《とお》日《か》の螺旋を浮遊しながら
黄金の羊水　茜の血肉　酸化する恐怖と
掴むことのできない自由にまみれ　地表に放たれ
産声を上げた真っ逆さまの
戦慄と豊穣の一瞬に思いを馳せよ

貪欲な先進頭脳は
懺悔の積層に背を向けて繁栄の荒野を目指す
ひれ伏し肯定し従属し加担し生産し
消費する中性脂肪に覆われた類似頭脳の
底無しの天真爛漫によって地球は計画通り造成され疲弊し
そうこうしているうちに

◆小山修一

歴史はあらぬ方向に編纂される

存続の危機を察した五臓六腑は
慌てふためいて思索を試み
血管のように複雑な経路を探ってみたが
先進頭脳の冷徹を目の前にして恐怖し萎縮し
恩恵にどっぷり浸かっている我が身を嘆きつつ
劣化摩耗の砂浜に紛れて枯渇する

めくるめく刹那の記憶の号泣
無垢こそ美徳　天命に目覚めよ

一〇八条に及ぶ煩悩は
一つ残らず未来永劫の万華鏡に封印される
その現実となる今際《いまわ》のとき
生命元素はオゾン層に護られ昇華し
放射性物質のように飛散し
甘美と悦楽の交合を経て
気候温暖風光明媚のうちに育まれ
時充ちて産声を上げ生まれ出《い》ずるのは僕である必然

こやま　しゅういち
所属詩誌　「岩漿」「風越」
著　　書　詩集『人間のいる風景』『風待ち港』

信心（信仰心）

近藤八重子

御先祖から受け継いだ裏山の中腹に
高さ四メートル横幅三メートルほどの立派な神殿がある
医者として財を積んだ人が建てた神殿がある

神殿を建てた医院長が亡くなると
誰もこの神殿にお参りする人は来なくなった
回りの広場も石段も掃除する人は来なくなった

我が家の二階の広かれた窓から真正面に座す神殿
神殿の淋しさと私の孤独が共鳴し
いつからか私と神殿は
守り守られる存在になった

朝夕手を合わせ一日の無事を祈る
困り事がある時は
助けを求めて拝んだ
不思議なことに困り事は全て解決し

願い事も叶うようになった
心の拠り所《よりどころ》となった神の存在
暗く重い心を軽くし
幸せへの道へ導くことが使命であるかのように
神殿は凛凛《りんりん》と座しておられる

今この神殿に手を合わすのは私だけ
神殿の回りの広場・石段を清まる心で掃除すれば
守って下さっているありがたさに感謝の気持ちが膨らむ
神殿の中の神様は
救いの手を差し伸べながらも金銭は要求しない
人々を明るい道へ導くことが使命であるかのように
静かに
座しておられる

不安を取り除いて安堵することを見守りながら
神様は金銭を要求しない

こんどう　やえこ
所属詩誌　「コールサック」
著　　書　詩集『海馬の栞』『仁淀ブルーに生かされて』

黒い羽根

佐伯圭子

野の道で
鳥の羽根ひろって
持ち帰る

つやつやした黒い羽根
その芯の白さ
空から　はらりと舞い落ちて
今　ここに
おんなの歩く野の道　草の上に
命だったものの分身

羽根の中心　つらぬいている
真っ白い　芯

清らかだった飛翔のすえに
峠を越えた日
気流に向かって　息も切らせた

◆佐伯圭子

ここを　越えなければ
帰れない　と
ひたすらに急ぎ
夢中の羽ばたきで
空から落とした
羽根ひとすじ
血の一筋

さえき　けいこ
所属詩誌　「*Messier*」
著　　書　詩集『繭玉の中で息をつめて』『今、わたしの頭上には』

太古の風に吹かれて

嵯峨京子

地層の断面を模した壁が
煉瓦色や黄土色に塗り分けられ
高く迫るショッピングモール
巨大な切り通しのような
この場所に佇つとビル風が
太古の風のように吹きつける

一万二千年まえに描かれた
ビーンベトカの岩窟の絵には
バッファローや象の群れに混じって
狩をする人間の姿があった
描かれているのはすべておとこ
おんなたちは草や木の汁で
壁に白い絵をかいた
帰りを待ちながら　祈りながら
言葉がなくても生きるには充分だった

◆嵯峨京子

動物の群れを追っていたおとこたちは
異なる言葉を話す群れに出会い
あるとき武器を持って戦った
象を倒したときと同じ武器だったが
それは狩ではなかった
大地にはじめて戦の血が流れた

人間は持ちきれないものを持ちながら
みえないものの力まで欲しがった
豊かさのために道具を造ったけれど
使い方がわからない
止め方がわからない

あれからどれだけの雨が降っただろう
雨とともに大地に流れたものを
草や木やものいわぬ生きものたちが
黙って受けとめてくれている
今　わたしたちが立っている地層の
忘れてはならない物語だ

さが　きょうこ
所属詩誌　「RIVIÈRE」
著　　書　詩集『花がたり』『映像の馬』

また　旅に出ます

榊　次郎

〈気楽な年金生活をむさぼっているお前は
　世界の事をどれだけ知っているのだ〉と
眠れない真夜中　暗闇から聴こえてきたような気がした

そうか　ありのままの世界を見るために
格安の夜間飛行でこの国を出よう
映像に映し出されたきれぎれの出来事や
王や王妃の虚飾に彩られた
宮殿や城跡の物見遊山でもなく
富の力でこの世界を
我が物顔で支配している成金たちが引き起こした
格差のありさまを見届けるために

侵略者たちが残した
荒野となった戦火の跡で
どれほど生き辛い日常になっているのか

どれほど絶望に打ちひしがれながらも
ひもじさの只中で
慎ましく生きている人々がいるのかを

か細い希望を持ち続ける人々の
意義申し立ての声がどれほど湧き上がっているか
一部始終　この眼で見届けなければ

安寧な年金生活の後ろめたさを背にして
いったい何のために生きているのか
残された時間の限り
それをもう一度確かめるために

わたしの旅はまだ　終わらない

さかき　じろう
所属詩誌　「詩人会議」「大阪詩人会議」
著　　書　詩集『新しい記憶の場所へ』『時と人と風の中で』

雲雀パン

坂田トヨ子

三笠川まで来ると風が変わる
コロナ禍で始めた散歩も3年目
住宅街と旧国道を横切って
歩くこと20分足らず

陽射しをよけて橋の下に入ると
すでにたくさんの燕が飛び交っている
「無事に帰って来たんだね
　どこまで行ってたの」
応えてはくれないけれど
囀りながら飛び交う燕を見ていると
私の中を風が通り抜けていく

ウクライナでは春になると
たくさんの雲雀が空高く囀り
春を待ち望んだ人々は
雲雀の形をしたパンを焼いて

子どもたちに配ったり　軒先につるしたり
春の到来を喜びあうという

雲雀は今年も囀ってくれただろうか
雲雀パンは今年も作られただろうか
パンを片手に走り回っていた子どもたちは
今年はどうしているだろう
小麦の作付けはできたのだろうか

破壊された街や傷ついた人たちの映像は
もう見たくないから歩いてきた
人はなぜ武器を捨てることができないのか
子どもたちの目に焼き付けられた戦争は
これから百年経っても消えてはくれない

堤防の上をてくてく歩く
白鷺が浅瀬を見つめて佇んでいる
カモが数羽泳ぎ回っている
川風に洗われながらてくてく歩く

（初出「炎樹」98号）

さかだ　とよこ
所属詩誌　「筑紫野」「詩人会議」
著　　書　詩集『余白』『父と出会う』

能動

佐倉圭史

もう三十分以上
バス停に立っている
ダイヤが相当乱れているらしい

茫然としながら周囲の街路樹を見て
「木も頑張って立っているのだろう」
こう思ったとたんに──自分自身の受動性に気付いた
「待っている」というよりも、もはや「待たされている」

そして一緒に待っている他人もが木の様に見えてくる
こういう怠慢を痛感する時間の中では
「無関心」というものがとても働くのだろう
その人達の心中を察する事が難しい
私も含めて、皆が「ただ待たされている」

こういった弱い思考力に支配され続けると
瞬発的な何らかの強さに駆り立てられて

◆佐倉圭史

予定という名の柱を突然切り倒した
遂に私はバス停を離れ
家までのやや長い道のりを歩き始めた

さくら　よしふみ
所属詩誌　「ＰＯ」
著　　書　詩集『リキダイジング』『ラフアクタ』

どこかで誰かが

左子真由美

どこかで誰かが
今、網を引いている
どこかで誰かが
今、布を織っている
どこかで誰かが
寒風のなか
ポストに新聞を届ける
どこかでうさぎが
目を覚まして
どこかでエイが
身を翻す
太陽が昇る前も
太陽が昇った後も
どこかで誰かが
新しい何かのために
動いているものがある
わたしが眠っている時にも

◆左子真由美

わたしが疲れて
うずくまっている時も
新しい出発のために
動いているものがある

さこ　まゆみ
所属詩誌　「ＰＯ」「イリヤ」
著　　書　詩集『RINKAKU（輪郭）』・歌曲集『左子真由美の詩による歌曲集　カテドラル』

春に逝く　―亡き祖母に

佐藤　裕

舞い落ちる紫の花のように
消えて行く影がある

吹き抜ける風のように
遠い　海の彼方に舞い落ちる命がある

同じ速度で　白い花びらが散り始め
北国の雪の鼓動が聞こえる

紫の群れが川面を覆い
葬列のように　ゆっくりと流れて行く

真っ暗な地球の裏側に
かがり火が揺れている

緑の葉が一枚
潮風に揺れ　舞い落ちる

◆佐藤　裕

帆柱の折れた難破船が
夕焼けの海に　ゆらゆらと漂っていて
おぼろげな満月が
傾いだ水平線を　ゆっくりと滑り落ちる
死んだ祖母に手を引かれ
見知らぬ灰色の大地を歩いている
私の人生は二歳まで　祖母の腕のなかで
不安も怒りもなく　静かに眠っている
徐々に　モノクロームの世界が近づく
白い蝶が　どこかへ還って行く
私の名を呼ぶ　優しい声が響く
さらさらと　白いものが零れ落ちる

さとう　ゆう
所属詩誌　「ハマ文藝」「象通信」
著　　書　詩集『一九九九年　秋』『位置の喪失』

馬で荒野を駆ける

更北四郎

馬で荒野を駆けること
それが彼の夢だった

二十四才の時
彼は馬に騎《の》って一人スペインを巡った
頭には西部劇の様々なシーンを
旅嚢には愛読する「ドン・キホーテ」を携えて

彼は出会った様々な人々に心を開き
馬たちと驢馬を愛で
何よりも自身の馬ネバダに心を通わせて
旅を自らの血肉とするように吸収した

彼はそこにいた
一人の騎者あるいは馬を引く隣人として

そして彼は走った

◆更北四郎

シエラネバダ山脈の裾野の広大な荒野を
馬は頭の先から尾の先まで
強い意志に張り詰め
駆けるスピードにつれてどんどん大きくなっていく
その上に跨がる彼は
小さくなって馬体に吸い込まれていく
馬が地球で
彼はその引力に引かれる月のように

愛すべき老馬ネバダは
走りながら馬体を足と逆方向に傾がせ
地を蹴る前脚二足の幅は
後ろ脚二足の幅より狭い
計算され尽くされた美しい疾駆が
彼をどこまでも連れていった

さらきた　しろう
著　　書　詩集『花譜』『春 ― 御歳六十九歳のわが誕生日』

命の通り道

渋谷　聡

村はずれに老人ホームがある
今朝もまた救急車が走っている
ピーポー　ピーポー
静かに澄んだ田んぼの空気を
矢のように突き抜け
街へ流れていった

　宇宙のエネルギーの大きさは変わることがないので
発芽するものがあれば朽ちるものがある

家の庭に柿の樹がある
母が若い頃に植えた苗木が立派な実をつけるまでになった

街の真ん中に老人ホームがある
母が居る
柿を届けた
糖尿病の血糖値は心配だが

しばらくは落ち着いている
年に一度の柿の糖は
生き延びるためのエネルギーになることを信じる

老人ホームの中庭に大きな欅の樹が立っていた
枝が伸び
葉が茂り
三階の部屋の窓から顔をのぞかせる母が
よくは見られなかったが
先日、欅の樹は切られていた
手を振る母の姿は
はっきりと見られた

中庭を
澄み切った風が
泳ぐように通って行った

しぶたに　さとし
著　　書　詩集『おとうもな』『さとの村にも春来たりなば』

寄る辺ない道の途中に

下前幸一

寄る辺ない道の途中に
私が見たのは
報道のただ中に浮かぶ
令和のしるべと
食べ残したコンビニ弁当

なけなしの希望と
相変わらずの落胆に
寂しく浮かんだ
夕刻のアパート
疲れ果てた派遣の靴音

違法滞在の夜にうずくまり
行く当てもなくただ
届かない気持ちを咀嚼しながら
希望への掛け金に
どこまでも絡め取られて

◆下前幸一

「助けてほしい」は中国語で何と言うの？
「とても苦しい」はシンハラ語で何と言うの？
「どうすればいいのか分からない」はミャンマー語で何と言うの？
「私はやっていません」はペルシア語で何と言うの？
「お金が必要です」はネパール語で何と言うの？
「どこへ行けばいいの」はタガログ語で何と言うの？

数知れない問い合わせが
宛先を知らないまま途切れている
呼び止められない断念が
刑期のない収容に
いつまでも膝を抱えている

「もう、なにも言いたくありません」はクメール語で何と言うの？
「私は誰かと話したい」は日本語で何と言うの？

しもまえ　こういち
所属詩誌　「ＰＯ」
著　　書　詩集『理由のない午後に』

愛の絆

田井千尋

楠の黄色い新芽が黄土色に変じてゆく頃に
吸い蔓の花も白から黄色へ帯びてゆく
蜜の香りを風に乗せて漂わせてる

生垣に絡みついてる吸い蔓の花蜜と
プリペットの白い花蜜で
蜂蜜のように甘い香りが
部屋まで風そよいで華やぐ

吸い蔓の甘い香り漂う水色の空の下で
鶯と鵑《ホトトギス》が呼応してるように鳴きあってるよと
教えてくれる家人の健気な心

◆田井千尋

チラシ裏白の紙に書いた
　鶯　ホーホケキョ
　鶥　トキョッキョ
ペン先で交互に指し教えてる
家人の微笑いとかはゆし

もしや　鶥の乗っ取り…?
いや　大丈夫だ!
今冬も姿を魅せてくれるか
庭でメジロ夫婦の糧を食べてる鶯に安堵せし

たい　ちひろ
著　　書　詩集『綾羅錦綉』

ひまわり

高樹紫音

眩しいのは
夕陽ではない
二階家の西向きの窓
重い頭をむぐと持ち上げ海を見つめる様は
大輪のひまわりのよう

水平線に消えていく前に
筆をさっと走らせ
空を、赤く、黄色く、染めあげて
こんなにも強烈な残照を
あのガラス窓に残していった

やがて夜が空のてっぺんから降りてくるころ
音もなくはじけて
種たちが夜空に散っていく
残されたのは
萎んでしまったひまわりの

無残な姿態

二階家の窓の内側はからっぽ
種子が夜空を飛んでいく
誰の目にも触れず
静かに夜間飛行
明日には知らない土地で
新しい命をはぐくむのだと

ぽっつり残されて
窓は
しみじみと振り返る
今日いちにち
辿ってきた道を

ところで、まりん*
あなたはどこから飛んできたの

＊まりんは飼い犬の名前

たかぎ　しおん
所属詩誌　「北国帯」
著　　書　詩集『さよならのうら表』

教室の近景　―黙色―

髙野信也

女子高生複数形　笑顔を同期させながら　お昼どき
おそろいシャケ弁　教卓の前に咲く

ひそひそ　くすくす　水戸の小松菜ほろにが　美味だよね
目と目の間　香り集まる　緑色も深くなる不思議
笠間栗色と那珂川鮭色が加わって　色の三角食べだね
それな　お試し百円引きも得した感じ

いいから黙って食べなさい　教員は大げさな渋面つくり
でもなにか　感じ取れたなら　それはよかった
ほんとうに　よかったね

唐突に始まった　三年ぶん監視つきの黙食
成人向け「経済」は　未成年が失ったものなど知らず
ならば
直感の善悪通す　芽吹きの心よ
静寂の深さを幹に　朗らかな曲線のまま

◆高野信也

二叉三叉記憶の枝先　旬の新葉
季節ごと　七色帯の珪化を重ね
やがて　時の軸包む　結晶となれ

おそらく　君らの未来では
コオロギを好みの味に育てるために
水槽に　色つきのエサ　投げ入れることになる
カプセルごと飲み込んだ　シロアリの腸内菌に
味気ないオガクズバー　分解させることになる

それでも　天《あめ》地《ち》空《そら》の色写し
子らのため　確かなかたち　残したいなと
願うヲミナへ　小夜の星珠へ　育つ姿が見えるのです

おとなのイベリコブタはイベリブタですか
それともこどもがイベリコブタですか
など　とぼけたことも言うのだけれど
震災のあの夜から　沈黙が怖くてたまらないのです
など　五歳児のままに言うのだけれど

たかの　のぶや
所属詩誌　「ＰＯ」
著　　書　詩集『カナシムタメノケモノ』

ハイマツ

高丸もと子

ぼろぼろだ
標高二五〇〇メートルの地で
体を裂かれ　えぐられ
威嚇している口には牙まで見える

ここは地の海
漂流してきた体は白くさらされ
流されまいとして這いつくばっている

この姿は　鳥だ
左右に広げた枝は
何度も飛ぶことを試みた翼
紺碧の空の一点を睨んでいる

いや　これはガイコツだ
命を絞りきった　ガイコツ
広げた両腕の先っぽの骨に

◆高丸もと子

親指ほどの緑を点している
ここに降り立った時から
全てを従順に受け入れてきたのか
それとも
精一杯抗って生きているのか
今も
この問いは単純すぎる
きっと

ふれても　いいか
痛くはないか
おう　おう　と言って
ふれても　いいか

たかまる　もとこ
所属詩誌　「ＰＯ」
著　　書　詩集『三センチありがとう』『回帰』

さくら

竹内紘子

寺町にある巨桜をみて
施設に居るハハに話した
「さ・く・ら?」
首を傾け　ハハは三か月後逝った

枝垂桜の花糸は
青い空を透かし彫りにして曼荼羅を織っている
わらわらとゆれる枝に
あの時凝視できなかった鈍色の塊が
ふと腰かけた

ゼィゼェー　ジィーヒー
セミが鳴く
命をかけて
命をつなぐためにだけ
幹にしがみつき
鳴く

◆竹内紘子

真っ赤に身を焦がし
風に流され　葉が落ちる
木からもがれて　葉が落ちる

さくら　さくら
のこされたものは　まだ生きて
再びのさくらに
会いにいく

たけうち　ひろこ
著　　書　詩集『天地と』『スクールゾーン』

夢・（トロイメライ）

竹内正企

星空を見上げていると
あの世がみえる
不可知な星の　またたきが
逝ったひとの　眸にみえる

そうなんだ
あのひとの片眸《ウインク》を感知したとき
こちらも盲《めしい》になって合体してしまった
あれから何十年も歳月がながれているが
追憶の星の　またたきになっている

あのときの
ときめきを懐かしむように
九十路半ばの霊感に　ひびいてくる
〝夢　トロイメライ〟を聞くたびに
バイオリン独奏と合奏のリフレーンが
幾重にも奏ぜられて脳裏に沁みてくる

◆竹内正企

そうなんだ
あの高揚にときめいた
抱擁のまんま聞き惚れた曲だった

バイオリンの魂柱が響く霊曲に
恍惚の陶酔狂が一瞬の閃光を曳いて
虚空に堕ちていく――
そんな陶酔《ナルシス》の　残像がみえる。

たけうち　まさき
所属詩誌　「ふ〜が」「はーふ　とーん」
著　　書　詩集『竹内正企自選詩集』ほか

木を切る

武西良和

ノコギリで枝を切り払い
剪定鋏で細い枝葉を切る
そしてチェーンソーで切り倒す

だが切っても切っても木はあちこちで
枝を伸ばし葉を茂らせ
畑目がけて押し寄せてくる

風を味方につけ木を
揺すり
雨を味方にし太らせ
高くなり
畑に遣った肥料はやつらが横取りし
果樹はその勢いに呑まれ細々と立っている

チェーンソーに油を注《さ》したあと
男はいつもポケットに剪定鋏を突っ込み

腰にノコギリを吊って畑を巡る
ちょっとした異変にも
すぐに対応できるように注意深く

木々の生長はすさまじい
男の中に湧き出してくるわずかの言葉をも
吸い取って肥やしにしていくのだ

男が山を見上げている時でさえ
吹き出る汗と一緒に言葉が失われていく
言葉を鍛えておかないとやすやすと持って行かれる

木々が貪欲に取り過ぎた言葉を雨が洗い流し
枝の葉先から畑へと少しずつ戻してくる
畑を鍬で耕すとき男は言葉を見つけるのだ
土の塊と塊の間に
そして土に混じった小石のそばに

見つけた言葉は小さく壊れやすい
そっと手ぬぐいに包んで持ち帰る

たけにし　よしかず
所属詩誌　「ぽとり」「ここから」
著　　書　詩集『鍬に錆』『遠い山の呼び声』

真っ赤に燃えるカンナの花

田島廣子

三人大学出すのは苦しがねと、母は泣いた
国立大阪病院付属の看護学校入学本代だけ
　大阪駅に着いたらタクシーで行くとよ
お金を腹巻に入れ巻く母のあかぎれに触れた
ふるさとの言葉丸出しで喋って　笑っていた
夏休みは三週間　アルバイトで切符を買った
石炭で走る汽車に十九時間揺られながら
トンネルが来るたびに窓を閉めた
ネッカチーフをかぶり鼻も顔もすすだらけ
歯を揺れるたびにガタガタ打った
日南海岸沿いに咲いているカンナの花
真っ赤に燃えて咲くカンナの花を見ていた
私もいつかカンナの花のように咲きたい…

夜眼科医院でバイト　クレゾールの匂いが
電車の中を流れきつく匂っていた
看護婦になり初めての給料は　両親に送った

百姓さんの背中はいつも太陽の下　あせもだ
美味しいものや新しい服もなく質素な暮らし
母の姿に早く楽をさせたいと私は泣いた
三十歳　国立療養所近畿中央病院婦長に昇任
長男六歳次男四歳鍵っ子院内保育所を作った
三十四歳長女誕生　笑い声が聞こえていた
　どこの婦長が妊娠をする奴がおるか!!
外科部長は怒り狂って言った
所帯持ちの婦長が言った
　三人産んでも辞めたらいいかん
　続けて働くんよ
　婦長さん　授乳時間を取って下さい
　あなた達もとりなさいと言ってほしい
看護部長は独身なのに温かかった
近畿で一番に私が授乳時間をとり
一時間早く帰り母乳で育てた
所帯持ちの婦長の時代がやってきた
私は涙が込み上げてきて泣いた
真っ赤に燃えてカンナの花が咲いていた

たじま　ひろこ
所属詩誌　「ＰＯ」「軸」
著　　書　詩集『時間と私』『真っ赤に燃えるカンナの花』

鉦叩く虫がいて

館　路子

炎暑の冷めやらぬまま夜がくる
生ぬるい空気を掻きわけ
眼が求めているのは連座する星々からの無音のこだま
夜空の奥の涼やかな緘黙
銀色の穂を、かすかな風になびかせて
すすきの一群はすでに気配をととのえ驟雨を待つ風情だが
ひと月あまりも降らずに砂塵ばかり立っていた
だが思いのほか昼の時間は欠けて来ている
やがて朝な夕なに雨を呼び
虫のすだきが何事もなく冴えてひろがる
正確な二拍を重ねて鉦をたたくあの虫が
この夜もどこか弔意を込めるように暗いところで鳴いているが
耳をそばだてれば、あたりはますますしんとして
月の青白さだけが冴える

秋と言うにはまだはやい
が、一陣の風でも季節はふいに変わってしまう

◆館　路子

春夏秋冬すこしずつの狂いのうちに半世紀は軽く過ぎ
自らの病をひとには告げず、老いることも知らず
知人はひとり生まれる前の闇へ帰って行った
微妙に狂ったこの夏も、いまは閉じられようとして
昼の月の浮かぶ中空へ見えない手が放ったのは数も少ない蜻蛉
ごきげんよう、透明な四枚の翅がきらめく秋の一文字
夥しく群なして空を埋めていたのは、いつのこと
消滅と絶滅のあわいにかろうじて生きている種と属は
日ごとにいたいたしげに数を増す
それを知ってか知らずにか日が暮れるとドクダミの繁茂するあたり
かすかに鉦叩く音がするのだ
耳ざとい猫は音のする方へ眼をこらすが、見えないだろうよ

耳には届くが不可視の閾にただよう音
すぐそこの暗がりから聴こえているのでは、むろんなく
繰り返し叩いているに過ぎないが心音にかぎりなく近い
血と骨へと沁み入る水音に似た滴り
幾時代かを経てようやくわたしの内奥を濡らして呉れた
身を捩って胸のあたりへ耳朶を近づけると
一匹の虫へ化生しはじめてゆく手足

たて　みちこ
所属詩誌　「北方文学」
著　　書　詩集『眠り流しの眷属』『螢、探して』

はなみずき

谷口典子

赤《あか》いはなみずきと
白《しろ》いはなみずきがからみ合って
春《はる》の宵《よい》の
けむりのようにかぼそい雨《あめ》の中《なか》
まぶしいほどに
華《はな》やいでいるのがみえる

あなたをひとり残《のこ》して　今夜《こんや》は
とても淋《さび》しい
やさしくけぶった雨《あめ》だから
春《はる》の宵《よい》の雨《あめ》だから
あなたが待《ま》っている町《まち》の
その屋根《やね》の上《うえ》にも
音《おと》もなくふりそそぐから　淋《さび》しい
もっと音《おと》をたてて
激《はげ》しく降《ふ》ってほしいの

◆谷口典子

はなみずきの花《はな》びらを震《ふる》わせるほど
か細《ぼそ》い枝《えだ》を身《み》もだえさせるほど
大粒《おおつぶ》の雨《あめ》を
たたきつけてくれたらいいのに

春《はる》の宵《よい》の雨《あめ》は　やっぱりやさしくて
なにもかも音《おと》もなく　つつみこんでしまう
ひとり見《み》つめる　わたしの
この薄《うす》い窓辺《まどべ》も

たにぐち　のりこ
所属詩誌　「青い花」「いのちの籠」
著　　書　詩集『悼心の供え花』

憲法とともに

TAMAKO

高校を卒業して15年
僕は33歳になった
現在《いま》は日雇い労働者
いろいろな仕事をしてきた
一度も正規職員にはなれなかったが
どんな仕事も社会を支える歯車
誇りをもって一生懸命働いてきた
だが　働いても働いても
暮らしは苦しくなるばかりで
僕はどうしてだろうと　思うようになった

もう何年ぐらい前からか　駅前に憲法の旗が立ち
スタンディングする人たちがいた
僕はその日初めて　立ち止まった
憲法25条「すべての国民は健康で文化的な最低限度の生活を営む権利を有する」
僕のそばに憲法が立っていた

たまこ
所属詩誌　「軸」

ボタン

斗沢テルオ

廃屋となった実家の小さな古茶箪笥
その抽斗に――ボタン
形状大小入り混じりこぼれんばかり

七回忌も疾うに過ぎて
ようやく母の遺品整理
その抽斗のボタン　つまんでみる
パチンパチン
遠い日の記憶の音

寝布団の中まで聞こえてくる音に
目を覚まし
薄暗い居間を障子越し覗いてみると
裸電球の下裁縫道具傍らに
母の背
パチン　パチン
あゝあれは――古着のボタンを

◆斗沢テルオ

鋏で切り取る音だったのか
パチン　パチン
いつか役に立つときが――
　一個つまんではパチン
　二個つまんではパチンパチン

実家解体直前にみつけてしまった
黄泉への忘れ物
その数に費やされた母の時間を
そっと両手で掬ってみる

とざわ　てるお
所属詩誌　「詩人会議」「ＰＯ」
著　　書　詩集『がさつなれど我が母なり』『決意の朝』

風が通り過ぎる島

戸田和樹

太平洋と東シナ海との境目が見渡せる宮古島の東端
波打ち際にはいくつもの巨大な津波岩が転がり
そそり立つ岸壁に強風が吹きつけている

宮古島は風が通り過ぎる島だ
一面に広がるサトウキビ畑は
それが植えられたものなのか世話されているものなのか
その様を見ただけでは分からない
放置されているかのごとくアスファルト道にはみ出し
窮屈そうに身を寄せ合っているサトウキビの間を
強い風が吹き抜けていく
「いつも強い風が吹いているから、暑さには鈍感なのさ」
働く気があるのかどうか
夕方五時過ぎには店をしめてしまうレンタカー屋のおじさんが
「遠いところをよう来なすった。今夜は泡盛で乾杯じゃねえ」
と話しかけてくる
夕方六時を過ぎると

◆戸田和樹

どこから湧いてくるのか人が集まり出し
平良の町並みは活気づいて
あちこちの飲み屋から島唄がこぼれ出す
「デパートも映画館も、人が集まるようなイベントも少ない所だ。
　娯楽と言ったら酒を酌み交わし、三線を弾いて踊るほかないのさ」
そのゆったりとした時間の流れがかつての戦争の傷跡を埋め尽くし
紅色の瓦屋根を失った白い直方体の家屋のように
本来あるべき島の暮らしの形を作っていく
だが
よく見ると
背の高いサトウキビ畑の坂の向こうから
日本兵が蹂躙したあの忌まわしい戦争がひょっこり顔を出す

東平安名崎に吹く風は島の果てない物語を綴ってきたはずだ
けれど今
岬に吹きつける風は
島の歴史や時代の曲がり角に立ち止まろうともせず
風跡さえ残さないで東平安名崎を通り過ぎていく

とだ　かずき
所属詩誌　メール通信「文学波」
著　　書　詩集『はんなりとした人々』『嘘百景』

投稿時代

外村文象

青年時代に投稿を始めた
老年のいまも投稿を続けている

有名にはなれなかったが
認めてくれた人は少なかったが

自分自身の精神修養のため
詩作に精を出して来た

これまでに十四冊の詩集
エッセイ集四冊を出した

書き続けて来た成果の集積
努力はむくわれるとはいかないが

自分の足跡を残したことはたしかだ
後に続く人達の指針になれば良い

◆外村文象

青年の日に活字になる喜びを知った
書くことの楽しさを知った

同年代の人達との文通が始まり
まだ見ぬ人への想像がふくらむ

田舎のわが家を訪ねてくる人もいて
青春の日は花開いていった

女子との文通は未知への誘い
美しい面影を描きながら

男と女は求めあうのか
遠距離ならではの純情

青春の日を思い起こしながら
老年のいま　ノートに向かう

ペンが握れる限り投稿時代は
私の終生続けられる

とのむら　ぶんしょう
所属詩誌　「東国」「詩霊」
著　　書　詩集『うたかた』『花筏通り』

通過

中尾彰秀

区間急行という電車に乗ると
一部は急行で一部は各停になっている
つい先日気付いたのだ
何十年となく千回以上は通過しているのに
目にするのは初めての駅に
私の生まれるよりも昔から
ずうっと存在していたに違いない
いくつもの駅
ただやたら申し訳なく合掌した

人生目的を持つと
つい見落としてしまうものがある
見落としたからと言って
責められはしないが
責められぬことが却って
墓穴を掘ることになりはしないか
私は私をとうに通過して私自身に

地球一廻り元のここに居る
森羅万象のひかり呼吸し
たっぷり年とって

魂からの発酵（いのり）
0（ゼロ）と無限の一致を
あるとないの狭間の共鳴に浸す
そう言えば
0が二つ付いて∞（メビウス・無限）
森羅万象はひとつなのだ

以前の勤務先の郵便局長は
お客さんの似顔絵を描いて
人気を博していた

普通電車しか乗らなかった変人
とうに私も退職したが
今になって気持ちが良く解る

なかお　あきひで
所属詩誌　「森羅通信」
著　　書　詩集『ＴＡＯやかな地球』『万樹奏』

月

中尾敏康

その昔月は太陽と同じくらい明るかった。けれど神は人の眠りを妨げないように光の一部を失わせた。それがいつからなのかは分からないが。ある国の先住民のいい伝えだ。茶柱が立った一日が終わろうとする頃姪の死の報せが戸口にひっそりと立った。あれはいつの日であったか姪を連れて男鹿半島を旅したことがある。そのとき宿の近くで一緒にナマハゲを見た。ただでさえ口数の少ない姪は大きな包丁を振りかざして今にも襲いかかろうとする人間とも化け物ともつかぬものを見てさらに無口になりそのまま旅を終えるまでついにひと言も口を利くことはなかった。あの夜姪は不意に現われた異形のものをどのような思いで見たのだろうか。慄きの色を浮かべた眼で私に扶けを求めていた姪。大人にとってはただ滑稽なだけのものがまだ三歳の子にとっては恐怖以外の何ものでもなかったのだろう。不揃いに密生した髪から覗く鬼のような顔貌。野太い声。大袈裟な動作。あれは子供が恐がるさまを見て大人が喜ぶ見世物に過ぎなかった。

早寝早起きしているか。親のいうことを聞いているか。毎日学校に行っているか。いつも良い子にしていろよ。そのようなことをあの化け物はいっていた。それから娃はどうしていたのか。早寝早起きしていたのか。親のいうことを素直に聞いていたのか。毎日学校に休むことなく行っていたのだろうか。そして大人になった娃は結婚して子供が生まれた。娃は自分の子にナマハゲを見せたことはあるのだろうか。あるいはテレビなどでそれを子供と一緒に見る機会があったかもしれない。そのとき娃はどのように子供に説明したのだろうか。それともしなかったのか。あの鬼面は木で作られていてあの大きな包丁も木製で切れはしないのだと教えたのだろうか。あのとき私は娃に一切の説明をすることはなかった。怖ろしさのあまり泣くことさえ忘れて顔面が蒼白になっていた娃に一体何をいえばよかったのだろう。どこにも着地しない得体のしれないかなしみを抱えて空を仰ぐ。光の一部を失ったとはいえ月はわが窓を皓皓と照らしている。

なかお　としやす
所属詩誌　「晨」
著　　書　詩集『橋上のチャスラフスカ』『これは林檎ではない』

夜道　―義兄Mのために―

中村不二夫

希望は叶う
それを信じて
死の前に横たわる人よ

いちど命を止めます
それだけを言い残し
外科医は消えた

ひとつの命を置き去りに
時は残酷に永遠を刻む
人は無力だ

今こそ
キリストにきてほしい

手術室の前
人影のない

◆中村不二夫

壁の隙間から
聞こえてきたのは
故里の土の下にいる
母の声だった
「生きてくださいね」

一人になった
時が折れ
開かずの扉が開いた
立っていたのは
白い衣の人だった
こちらに歩いてくる

たった
一人の命のために
キリストがきてくれた
「助かったのですね」
「もう大丈夫です
　これからずっと私はいます」
ぼくは夜道を一人で帰った
　　―日赤医療センターＩＣＵを後に―

なかむら　ふじお
所属詩誌　「嶺」
著　　書　詩集『鳥のうた』『ＨＯＵＳＥ』

子どもの頃

中山公平

夕ご飯を食べながら居眠りをする子だったのに、その夜、眠れずにいると、茶の間から聞こえてきた、女二人の話し声が。そのとき聞いた人の名をいまだにいくつか憶えているが、あれこれ思い合わせると、その日、一九四六年四月十日、日本の女性が初めて参政権を行使したのだから、話が尽きなかったのも合点がいくし、参考までに、身内のことゆえバラしてしまうと、その春、お袋はまもなく三二歳、祖母はもう五四歳になっていたよ。

○

引揚者住宅の建築が次々と始まり、よそ者の職人さんとも親しくなり、麦が色付くころさ、若い大工が訊いたんだ。坊主たち、この町にパンパン屋はねえのか？　乾した玉蜀黍

を大砲もどきの筒に入れ、焚火で温めながら
グルグル回し、号砲一発、ホカホカのポップ
コーンを作るお店も、パンパン屋って呼んで
いたから、そこを教えてやると、連中、ゲタ
ゲタ笑ってた。むろん負けずに笑いたかった
が、黙りこくって帰ったよ、女の子たちと。

○

水星・木星・金星・土星……、曜日の順に
縦に並んだ惑星を、バス停でしみじみ眺めて
いたら、浮かんできたよ、大日本帝国陸軍の
階級章。あれをボール紙とクレヨンと色紙で
作ってみたり、それでは足りず、敵と味方に
分かれて、突撃だとか退却だとか占領だとか
降参だとか、無闇に喚きながら戦争ごっこを
してたんだ、戦後にね。この国の歴史の中で
軍隊が存在しなかった唯一の歳月だったのに
ね……、たったの五年間だったけれどもね。

なかやま　こうへい
所属詩誌　九条の会・詩人の輪
著　　書　詩集『身辺抄』

道は遥かに

永井ますみ

日本の少年が
雨のあがった運動場のつるつる地面に
枯れ枝で線を引いた
ここの中を走るんだよ
ここはどうろ

道といい路といい
私たちは中国から習ったのだろうか
そうではない　もっと昔
人間の起源とされるアフリカのママが言ったのだ
道を遥かに踏み分けて
その先に何があるのか
若いあなた達　見てきなさい

ギリシャの少年が石畳にチョークで線を引く
dromos　ドロボシ
英国では road　ロード

◆永井ますみ

ウクライナの少年が叫ぶ
дорога　ドロガ
ロシアで
違う　дорога　ダロウガ　だよと応える
そしてはるかにアイヌの人達は
道をルーと呼んだ
布を貼り道に沿って糸を這わせるアイヌ紋様

その道を辿りさかのぼるとルーツ
捻れ捻れる遺伝子二重螺旋の検証
必ずアフリカのママの懐に戻るのだ

おお　私の子孫達よ
陽に焼け二十万年もの厳しい波をくぐり
時には激しい兄弟喧嘩をしていても
お前たち愛しい子どもたちよ
ママはきっと抱き取ってくれる

＊本文中の文字と発音はネット翻訳から。

ながい　ますみ
所属詩誌　「RIVIÈRE」「現代詩神戸」
著　　書　詩集『万葉創詩・いや重《し》け吉事《よごと》』『夜があける』

ぬくもり

永窪綾子

あれは　いつのことだったかしら
若かった母さんと
汽車にのって
ふたりだけの旅をしたことがあった
母さんを　ひとりじめできる
うれしさに　心がはずみ
私は　母さんのやわらかな手を
ぎゅっと　にぎり
スキップしながら歩いた
見上げる　私
やさしく見下ろす　母さん
そこに
私だけの　若い母さんがいた

あれから　幾年すぎたかしら
老いた母さんと
手押し車をおして

◆永窪綾子

ふたりで　木《こ》もれ日の中を散歩する
目も弱り　耳もとおく
足腰も　弱くなった母さん
私は　母さんのふしくれだった手を
そっと　にぎり
おもいをつなげて　ゆっくり歩く
遠くを見つめる　母さん
日々をふりかえる　私
ここに
おだやかな顔の　母さんがいる

いつも変わらぬ
母さんの　やさしさ
ずっと　変わらぬ
母さんの　ぬくもりがある

ながくぼ　あやこ
所属詩誌　個人詩誌「てのひら詩集」
著　　書　詩集『何かいいことが起こりそうな』『みどりの風につつまれて ―モンゴルの旅―』

夕暮れの海辺にある　公園にて

長瀬一夫

たくさん捻出しようとすると、
結構に、ほどほどが邪魔をしてくる。
缶ビール一本だけ持って、海岸へと出て、
海に反射して沈んでいく夕日を眺めるのは、
美味しそうだし、潮風も心地よさそうだ。

老婆が一時《いっとき》を、昔話で毒づいて来た、
右手で握っていた缶ビールが、
キラリ彼女の真顔に当たったからかもしれない。
一気にまくしたてるので、小さく身構えると、
話は森の小人たちが白雪姫と過ごしていた時の様々、
けれど、そこには毒林檎も魔女も、
狼だって登場しなかったのは覚えている。

缶ビールはロング缶だったので、
老婆が話し終えても、いくらかの重さは残り、
トボトボと歩いて去って行く、

彼女の後ろ姿を目で追うと、
本来話したかった、夕暮れへの思い出が、
砂浜へ足跡を残しては、波に消されている。
空は晴れているが、
白い雲が半分を占め、その下に、
灰色の雲がへばりつくように垂れ下がってくる。
だから、時として日差しを遮るのだが、
しばらくすると、再び空全体を明るくしてくれ、
缶の残りを、一気に飲み干した。

老婆はポツンと立っていたのだ。
「お前を待っていたんだ、一緒に行こう」
堤防道路の上にある公園へと移動して、
ジャングルジムと滑り台の中間では、
小さな砂塵が舞い、見回すと誰もいなかった。
一人だけであると、自らを認識した。
夕暮れの時間を、呼ばれたのか、
たくさんがスクランブルされ、今沈み込もうと励んでいる。
単純である事が、必要だったのだろうか。

ながせ　かずお
所属詩誌　「藍玉」「千年樹」
著　　書　詩集『樹々たちのファンタジー』『私が愛した不揃いな人々』

空色のランドセル

南雲和代

雨の多い七月の空はきまぐれなやさしさで
幾層にも重なりあった雲のすきまから
思いのほか柔らかな光を地上に届ける
ゆっくりとした会話をする小さな弟は姉を見あげ
こんどいくお家、お外で遊べる、ぼくもブランコのれる
姉はうなずきながら水色のランドセルを抱きよせる
姉はいつも母に　弟の手を離してはいけないと言われていた
でも今日は両手でランドセルを離すまいとつかむ

幸福の時間が詰まっている
淡い水色に白いレースのついたランドセルを離したら
本当にひとりぼっちになるような気がして
姉は細い指を握りしめた
姉にもわからなかった　ほんとうにブランコがあるかなんて
でも姉はうなずかなくてはならない
自分たちをとりかこむおとなたちの顔をみておもった

姉はきっと滑り台もあるよと弟に語りかける
弟はいつも並ぶ順番が最後だったから、
学校の休み時間にブランコでも滑り台でも遊べなかった
乗れるのなら弟は泣かないで一緒にいくだろう
姉の願いは友達が褒めてくれた
水色のランドセルを背負っていきたいだけだった

夏の暑さでハムスターが死んだ
学校が夏休みになり給食がなくなった
コロナでプールがなくなりからだを洗えなくなった
ママは優しい　でもいつも家で寝ている
姉と弟は夏休みほかの家ですごすのだ

バス停に向かう公園の木は夏の気まぐれな風に揺れている
痩せた背中にランドセルを背負うと
夏の光がランドセルの白いレースをキラキラと照らし空にとけこんでいった
それに見とれて立ち止まる弟の手を
姉はそっとにぎりしめた
空色のランドセルは小さな姉のただひとつの希望だった

なぐも　かずよ
所属詩誌　「地平線」
著　　書　詩集『たぶん書いてはいけない』

ぶっしあわせ[*1]

二階堂晃子

帰《け》えちゃくて　帰えちゃくて
何日も前から　しんしょ道具[*2]軽トラさ積んで
解除になったその日に還ったんだ
にこにこしてな　家の中まてて[*3]
畑さ行って　いのしし入んねように柵作って
晩方は焼酎飲んで
隣もその隣も誰も帰っては来てねかった
ほんでも「家はいいなー」ってじいちゃん
このお日様の色　この匂いだって

ほれがよ　ちょうど還って3月目　昼間
ご飯食ってて「がくっ」そのまま逝っちまったんだ
ほんなことって考えらんにぇべ
あんなに好きだった家に　やっと帰ったのに

あの時から　こっち1年あっち2年って
80過ぎたこの年でよ　何処さ行っても黙っていらんにぇから

＊1　不幸せ
＊2　暮らしの道具
＊3　片付けて

◆二階堂晃子

公民館の草取りしたり　持てあましてる畑作ってやったり
老人会に混ぜてもらったりしたけんじょ
じいちゃん「家《え》さ帰えちぇ　家さ帰えちぇ」って
どんなことしても我が家　忘れらんにぇかったんだ
それなのに　あっという間に逝っちまって

「一人で置くことできっか」って　街の息子、連れに来た
冷蔵庫　空にして　雨戸たてて　じいちゃんの位牌
紫の風呂敷に包んで　また家捨てた
降ってくるようなせみしぐれにせかされて　またまた避難だ

パンツの果てから割烹着まで　放射能沁み込んでかもしんにぇから
全部着替えろって　若いもんが　新しい家さ入る前　涙出ちまった
我*4が専用の部屋はねえんだ　割烹着がエプロンになって
飯台からテーブルになって　庭はコンクリート
「慣れろ」って言わっちぇも　この年だべした
いっつも家の方の空眺めてる　碧かったあの空

原発ダメになっちまってから
ぶっしあわって　ぞろ目でやって来んだ

＊4　自分

にかいどう　てるこ
所属詩誌　「いのちの籠」
著　　書　詩集『悲しみの向こうに』『音立てて幸せが来るように』

淀ちゃん

西田彩子

一月十九日の
A新聞の夕刊の片隅に
鯨の〝淀ちゃん〟のことが載っていた

〝淀ちゃん〟は　十日前の九日に
大阪湾の淀川河口近くで発見された
体長約十五メートル・体重約三十八トンの
　マッコウクジラ
見つかった時は
潮を吹きながら　ゆっくりと泳いでいた
一寸　漫画チックでユーモラスで
可愛かった

その後〝淀ちゃん〟は
何故か　徐々に衰弱して潮も吹かず
十三日に　死亡したのだったが
明日二十日の早朝　作業船で
徳島県と和歌山県に挟まれた

◆西田彩子

紀伊水道沖の海底に沈められるとのこと
—あんなに大きな身体してるけど
〝淀ちゃん〟は未だ子供なんやねんて
ずーっと　群の中で
母子で暮らしていたのが
逸れて　迷子になってしもて
一頭ポッチ
〝淀ちゃん〟は心細かったんやろなぁ
—ホント　ホント
鯨は親子関係が密で
捕鯨船なんかが　子鯨を捕獲すると
母鯨が悲痛な声をあげて
船のあとを追って来るって云うからね

私と娘は口を噤んだ

心の底を
ひっそりと
滾ったものが
過って行った

にしだ　あやこ
所属詩誌　「ＰＯ」
著　　書　詩集『舞う』『無限旋律』

先回り

根津真介

足音が前から聞こえてくる　だが
私の前には誰も歩いていない
不審に思って振り返ってみても
誰も歩いてこない

私が止まると足音も止まるが
私はスニーカーを履いているのだ
革靴のこすれるような足音は出ないはず
何処から聞こえてくるのだこの音は

昼に黒いカーテンを引き
夜は煌々と明かりを灯す生活の果て
起こってはならないことが
起こりたがっている
そういう瞬間が人生にはあるものなのか

足音が私をつけねらっている

引きずっている音は何だ
音が音をこすっている
先回りして消してくれる人はいない

一分一秒のことを急いているわけでも
一日二日のことをあせっているわけでも
一週間　一か月　一年と
間合いを取っているわけでもない

うるんだ瞳には確かめようのない
悲しみなのか　希望なのか
得体のしれないものがくっついて
吹雪の中の雪片のように氷結している
目隠しをして　落ちてみるしかないのか

フレキシブルな裏声も響かない
五分十分のことを急いているわけではない
影法師とのお付き合いなのか
みんながあこがれる気球にだけは乗らない
先回りして空から地上を眺めるなんて

ねづ　しんすけ
所属詩誌　高知詩の会
著　　書　詩集『余所事』『虚と負と』

里

橋爪さち子

乗り換えるたびに車両が短くなり
木々の静寂がふかくなる

「今さら膝の手術などまっぴらですけえ
　騙しだまし行きますすじゃ」
座席後ろに集う爺さまの声が耳をかすめる

赤あかと照る柿や
ほつけススキの群れが繰りかえし窓を過ぎ

「薪割り　漬物　綿入れ布団
　昔は冬支度に追われたもんやが
　今はハア　なんと楽なことさなあ」
今度は婆さまの声

列車はなおも
雑草はびこる放置田を過ぎ

◆橋爪さち子

濃くなる山翳を分け入り
ようやく先祖の眠る駅に降り立つ

本家へ挨拶を済ませ寺に向かうと
坊さまは足の具合がお悪いらしく
それでも墓前での読経のあと
「昔の隷書の字体の墓はよろしいなあ
　今のパソコンで起こした字は
　どうも好かんですで」と何十年来
同じ話でからからお笑いになった

まじかに迫る稜線が銀に光って

さっき聞いた古老らの会話は
何百年もの月日を
ススキの花穂や木々の梢にひっかかったままの
今は亡い里人たちの声が
風に舞い駅舎を彷徨う途中
ひょいと
私の耳に届いたものかも知れなかった

はしづめ　さちこ
所属詩誌　「青い花」
著　　書　詩集『乾杯』『糸むすび』など

相場先生の放物線

秦ひろこ

数学の過去問を解いていた
ノオトに書いた解答をラインで写メり
聞いてきた中学生に送信した
いつも思う　わたしが数学教えているなんて
先生が知ったらあきれるな
「ひえぇぇぇっ」って　大げさな身振りするな

先生の喪中ハガキ　昨年の秋

高校のとき数学を地元女子三人と
相場先生ちで教えてもらった
先生のメガネはまさにビン底
問題用紙を持ち上げて目に10センチくらい近づける
先生はわたしより小柄だった
小柄な奥さんがお茶をだしてくれた

鈍いわたしの質問ににもにこにこしながら答えてくれた

◆秦ひろこ

にこにこ繰り返し説明してくれる先生は
犬がぶんぶんしっぽを振っているみたい
いつも上機嫌だった
机の上にうす茶色のわら半紙数枚
きれいに削られた2B鉛筆3、4本
大きい文字の数式で説明してくれた

二次関数の放物線の
下に凸のも上に凸のも
そのまるい曲線の頂点あたり
乳房をていねいに描くふうに
愛情込めて職人のように描いていた
堂々としてうっとりする
うつくしいシンメトリィの放物線

一時の中断のあと
再開された年賀状だった
今でもわたしはリクエストしたい
『ね　干支《えと》の絵でなくて
とっぷりゆたかな先生の放物線描いて
お正月のわたしに送ってきてよ』

はた　ひろこ
所属詩誌　「どぅるかまら」「花」
著　　書　詩集『球体、タンポポの』『しらゆきひめと古代魚ゴンドウ』

ロシアとウクライナ

畠山隆幸

今テレビで春の高校野球選抜大会を見ている
かたや同じ地球上でロシアとウクライナが戦争をしている
雲泥の差だ　戦争と平和　平和な事が良いに決まっている
生と死をかけて争うならもっと平和な地球を作る事にエネルギーを
　費やしてはどうか
幼い頃父から聞いた戦争の話は銃剣で生きている人間を突き刺す訓
　練の話だ　縛られて杭に縛られた人間を刺す
いくら敵国の人間とて忍びない事だ　人間太古の昔から戦争を続け
　てきた
人間とは戦争のＤＮＡが遺伝子の中にあるのか？
そもそも人間生まれついてから生きる事も生存競争と云う
生まれついて生きる事から戦争が始まると云えるだろう
同じ戦争ならば生死のない戦争はないものか
それは青臭い考えと云うもの
同じ時を生きているのに方や戦争　かたや野球観戦
同じ地球上で生きているのに何故争わなければならない
ロシアとウクライナ　戦争に理屈は通じない

◆畠山隆幸

今や戦争も映像で見ている時代　ミサイル発射の場面　戦死した人
　間を埋葬する場面
一対一の刀で争いをした時代とミサイルで爆発させる時代
歴史・時の流れ　人間はその中を生き抜いている
一本の鉛筆で書く戦争と云う文字　映像で流れるミサイル攻撃
今テレビ春の高校野球選抜大会を見ている
かたや同じ地球上でロシアとウクライナが戦争をしている
複雑な胸の内

はたけやま　たかゆき
所属詩誌　「樹氷」「ゆすりか」
著　　書　詩集『浅間山』『晴れた青空に』

お別れ

花潜　幸

葬儀の向こう
夕化粧の花々が
小さな野原に撒かれている。
竜宮城のような
金の帽子をかぶった
黒い車に乗せられ、
こどもが
母さんはどこ　と聞くと
父は後ろを振り向き白木の箱を
トントンと叩いて
ほら　此処にちゃんといるよ、
と応えた。
今度いつ会えるの
とまた聞くと、
いつでも
おまえが想い出したときに
と応える。

◆花潜　幸

母の手のような
クリームパンにかじりつき
子どもは
美味しいものを食べるに夢中で
母のことは遠いところに
置き忘れてしまった。

はなむぐり　ゆき
所属詩誌　「馬車」「Rurikarakusa」
著　　書　詩集『初めの頃であれば』『初めあなたはわたしの先に立ち』

骨と土の言葉を聞いて

原　圭治

生まれたばかりの赤ちゃんの発する言葉は
喃語といって意味のない言葉だけれど
何かを伝えたい　感情の言葉なのかも知れない
人として育つため　親から言葉を受け継いでいくが
人は言葉を奪われたら　どうなるのだろうか
地球上の多くの生きもののなかで
互いに言葉を交わすことができるのは人間のみで
地球上には　およそ八千程度の言語*があるという
琉球処分で　ウチナーグチの使用を禁止されたが
言葉を奪うのは　いつも権力支配者の仕業なので
人民の闘いは　言葉を取り戻すことから始まる

沖縄・摩文仁の平和祈念公園に建つ　魂魄の塔の
刻銘版に刻まれた死者の使命は　無言の言葉だから
二十四万一千六百三十二人にもなり
生きている私たちに　無念の声を伝えようとして
あの戦争の　米軍の一方的な掃討作戦で

地獄の戦場となった沖縄南部の知念半島から
摩文仁・喜屋武岬にかけて広がった土地は
おびただしい人の命が染み込んだ土地なので
今も取り残されている　戦火に倒れた無数の遺骨は
本土防衛という名のもとで「捨て石」とされたが
いま　遺骨混じりのその土砂を　米軍新基地建設で
辺野古の海の　埋め立てに使おうとしている
断じて許すわけにはいかないと怒りの言葉しかなく

ガマファーの具志堅さんは
米軍基地の埋め立て用に土砂を取るのは
戦没者を冒とくする非人道的なことと訴えていて
土砂に混じる無数の小さな骨片の痛みや苦しみが
ひとかけら　ひとかけら　から聞こえてくる
聞こえないけれど　生きたかった無念の言葉だから
骨と土の言葉は　心の耳で　聞くしかなくて
無言の言葉は「命《ぬち》どぅ宝」と訴えてくる

＊参照　三省堂『言語学大辞典』より

はら　けいじ
所属詩誌　「詩人会議」「軸」
著　　書　詩集『水の世紀』『原圭治詩集　新・日本現代詩文庫136』

送電塔

原　詩夏至

麓の村では
人間を冷厳に見下ろす
鋼の巨人たちも
山頂では
みな小さく孤独だった。

点々と
尾根伝いに佇立する
銀色の隊列は
互いを黙殺したまま
己の頭上の
互いによく似た
だが何かが少しずつ
決定的に食い違っている
交換不能な
銀河を想っていた。

送電線は
右から左へ
莫大な
だが彼らのもとには
畢竟一瞬も留まることのない
不可視の力能を
静かに
速やかに
伝達し続けた。

そして
日が落ち
山影が闇に呑まれたとき
彼らはなお
己の頭上の
遂に誰とも分ち合えない
星々の言葉に
心を澄ませていた。

はら　しげし
所属詩誌　「風狂」「カナリア」
著　　書　詩集『波平』『異界だったり　現実だったり』（共著）

西の家のライオン

福田ケイ

明治二十八年生まれの父は　先祖から本宅と別宅を
受け継ぎ　本宅から西に歩いて５分の所に別宅があった
誰も住んでいないこの屋敷を家族は　西の家と呼んでいた

私が生まれるずっと昔から　大木のくすの木のある
西の家の前栽《せんざい》には　白い石のライオンが座っていた
鋭く彫られた　長いたて髪
深い目　大きな口　どっしりした足
胴体は銀色に輝き　広い庭を支配していた
白と赤の椿の木や　南天《なんてん》の木
紅葉《もみじ》　つわぶきの花がライオンによりそい
玉石が彼のまわりを囲んでいた
秋には枯葉が　冬には白い雪が　頭上に降りつもるが
無言のまま　みじろぎもしない
幼い日　私は赤い南天の実を彼の目の中に入れ
身体の上に乗ってよく遊んだ
家族の誰かが一日に一度しか訪れない

◆福田ケイ

別宅の君主として　風雪に耐えながら見守ってきてくれた
時々　遊びに来る友人たちは
縁側から彼の絵を描いたり　写真も何枚も撮った
みんなは庭に彼が座っているだけで
心が和んでいるのだった

私が嫁いだ次の日　父は玄関で倒れ　病の床についたまま
八年の長い歳月が流れていった
本宅と西の家の主人《あるじ》である父を　ライオンがかみ殺す
という理由で　恐れられ　彼は去っていった
それから　まもなく父が亡くなり
江戸時代からの西の家も取り壊され
跡地には　兄たちの家が二軒　建った

ライオンは今　奈良行き近鉄電車　額田《ぬかた》駅にある
広いお屋敷の庭で　身体を休めていると聞く
ああ　もう一度　冷たく光る
王者の胴体に私を乗せておくれ！

ふくだ　けい
所属詩誌　読書会「ミュゲの会」

毛虫

福冨健二

毛虫が渡っている　まっすぐに渡っている
住みなれた庭からどこへ行くのか
朝の日差しに包まれ　脇目もふらず
毛虫が渡っている　まっすぐに渡っている
潰しそうになって　いそいで歩幅をひろげる
ひろげて行き過ぎる　わたしの足元を毛虫は渡り続ける
自転車が通り　幾人かの人がわたしを追い越して過ぎる
振り返ると　毛虫はまだ渡っている
舗装の道の中央を　ようやく越えて　渡っている
向かいの生垣を目指しているのか
小さい黒い点　まっすぐに　まっすぐに　渡っている
通勤の人が　また来る　いそぎ足で来る
そして　遠くからは　車が来ている
車が一台　みるみる　近づいて来る
毛虫に向かって　ぐんぐん　ぐんぐん　迫って来る
毛虫は渡っている　まっすぐに　まっすぐに
朝の日差しに包まれ　脇目もふらず

◆福冨健二

毛虫は渡っている　まっすぐに渡っている

＊詩集『ぼくは手紙を書く』（二〇一一年発行）に収録

ふくとみ　けんじ
著　　書　詩集『ぼくは手紙を書く』『一本の草は思った』

天体

藤沢　晋

四日目の細い月の横に
小さく光る土星

斜め上に木星
斜め下にひときわ明るい金星

ある日の夕暮れの空である

三日目は金星の近くにあった
五日目は木星のそばに来るという

明日が平穏ならば
ささやかな歩みを確かめよう

◆藤沢　晋

ふじさわ　しん
所属詩誌　「銀河詩手帖」
著　　書　詩集『知らない風』『優遊』

山行

藤原功一

激しい息切れを背負い
岩場を垂直に急登する
登りつめていく孤影に
澄んだ光が突き刺さる

雪渓の垂れる雫を拭い
風は尾根を吹き抜ける
鞍部に咲く花の儚さと
隠れ棲む獣たちの溜息

湧き上り濡らす白い罠
頭頂を駆けていく閃光
岩稜に響く雷鳴の重さ
滑落と崩落の危い交差

彼方の闇で暗紫の糸が
縺れながら透けていく

◆藤原功一

無限の色相を調光して
峰の住処を明けていく
虚空を滑る無音の岳神

ふじわら　こういち
所属詩誌　「Lyric Jungle」

出合えぬ時間

星　善博

無数の爪の先だけが
いくえにも重なった時間の層の断面から
救いを求めるように突き出ている

いや　爪ではない
ながい　ながい　時間をかけて
その爪がほじくり出しては捨てつづけた
貝のかけら

じょうもんのひとびとが捨てたものを
わたしは　丁寧に拾い集める
拾えないものは
ほじくり出す音　すする音
におい　味

うまかったか　この小さな貝は
じょうもんのひと

とおい時間はいつだって　物しか残してくれない
いま　どこかの銀河のどこかの惑星で
じょうもんが生まれ
ぶんめいをもつ惑星が
息絶えようとしている

貝を食べているか
どこかの　じょうもんのひと
この星はどんなふうに見えている
終わろうとする　ぶんめいのひと

地球は
貝殻でぎざぎざの地層のおもてを
　　ふたひら
　　　ひとひら
みひら
桜のはなびらが　かすめていく季節だ

ほし　よしひろ
所属詩誌　「ここから」
著　　書　詩集『水葬の森』『静かにふりつむ命のかげり』

秀吉の妹

牧野　新

悲しい人生　訪れて
わたしは夫と別れたの
もっとひどい仕打ち来て
わたしの夫は亡くなった
嫌で　嫌で　たまらない
無茶ぶりやめて　兄ちゃんよ
天下ほしいの　そんなにも
関白なんでしょ　返して　兄ちゃん

苦情吐いても　受けつけず
わたしは　嫌々　嫁いだの
相手の婿も　驚いて
わたしは　嫌々　気をつかう
嫌で　嫌で　たまらない
無茶ぶり恨む　兄ちゃんへ
天下ほしいの　もうやめて
関白なんでしょ　狡いよ　兄ちゃん

◆牧野　新

憂鬱な　憂鬱な　日が過ぎて
わたしは目を疑った
なんと母が会いに来て
わたしは母に泣きついた
嫌で　嫌で　たまらない
さすが　かあちゃん　ありがとう
天下とっても　報われない
関白なんでしょ　戻して　兄ちゃん

まきの　あらた
所属詩誌　「コールサック」
著　　書　詩集『戦国ミステリー逃げる家康・人生最大の赤っ恥』
　　　　　『戦国に咲いた四十一人の姫君　賢い貴女は姫に学ぶ』

橋と夕陽

正岡洋夫

またこの場所にやって来た
川は緩やかに旧市街へ続いていて
遠くに見えるアーチ状の橋が
川面の空気に揺れている
道路から橋の中ほどまで
両側に並んでいる店
橋のまん中で欄干に凭れて
こちらを見ている人が
小さな影になって揺れている
橋の向こうに夕陽が沈むところだ
私は堤防の前に立って
私の後ろの路地に光を延ばして
夕陽が静かに沈んでゆくのを見ていた
雲も風も光の渦になって街を照らしている
すると街は一瞬反転して別の風景になった
私の横を叫びながら兵士が走っていった
道の両側には瓦礫が山のように積まれ

◆正岡洋夫

レンガの壁には焼け焦げた砲撃の痕
舗道に倒れて動かない人
階段で呻きながらこちらを見ている人
顔は巨大な肖像画のように現れては消える
川には幾つもの死体が河口へと流れている
遠くの橋からキャタピラの音を響かせて
何台も何台も戦車が街に近づいてくる
突然轟音がして爆弾が降ってきた
屋根が私の前に落ちてくる
私の服は血だらけになり
頭には窓ガラスの破片が刺さっている
光が弱まり影ばかりになると
空が幾重にも紫色の帯のようになった
私はこの路地の角に立ったまま
まだ夕陽が沈むのを見ていた
橋がぼんやりと見えている
橋のまん中で欄干に凭れた人が
黒い小さな影になって
まだ佇んでいる

まさおか　ひろお
所属詩誌　「RIVIÈRE」
著　　書　詩集『時間が流れ込む場所』『食虫記』他

汽車

増田耕三

夏の昼
汽車を見送った
車で通りかかった
信号待ちの踏切で

その汽車には
もしかしたらきみが
乗っていたのかもしれないね
幼い眼差しが
窓の辺りに
かいま見えた気がする

◆増田耕三

ますだ　こうぞう
所属詩誌　「兆」「ＰＯ」
著　　書　詩集『村里』『バルバラに』

訪問美容

三浦千賀子

大きな布袋を二つ下げて
中年の女性がやって来た

リビングに直径3ｍはあるビニールを拡げる
私の体も青いビニールで覆われる

簡単な問診をして
素早く鋏をもってスタート
大雑把に全体をカットしていく
全体構想がなければできない速さだ
なのに微調整は結構丁寧だ
首筋のムダ毛や繭もカットしてくれる
最後は白粉の一はけも

カットそのものは実質15分ぐらいではないか
白いビニールをクルクル巻きよせて
あっという間に後片付け

出張料込みで３７００円なり
すべて30分以内で終わった
介護の現場に
こんな凄腕の美容師さんがいたのだ

最後にテーブルの上に目をやって
―こんなこともされているんですね
と私の詩集に手を伸ばされた
見ていないようで短い時間に観察されている

こういう人の存在で
介護の現場の奥深さを知る

みうら　ちかこ
所属詩誌　「軸」
著　　書　詩集『リュックの中身』『今日の奇跡』

長歌：河よ流れよ

水崎野里子

川は流るる
ドナウ河
セーヌの河も
インダスも
江戸川　隅田
ハドソン流れよ

この世空蝉《うつせみ》
束の間の
みじかよ命
隠れし月の
暗き夜の
焔と燃ゆるも
花と散る朝
死も生も
映し揺れつつ

◆水崎野里子

河は流るる
この移り世の
姿愛《いと》しも
泡沫《うたかた》命

名も知らぬ
若き兵士よ
生も死も
川面に写り
流れゆけ
オフィリアごと

みずさき　のりこ
所属詩誌　「ＰＯ」「千年樹」
著　　書　詩集『あなたと夜』『愛のブランコ』

冬の蛇

水野ひかる

白い紐が落ちている、と思ったら薄いグレーの蛇だった。正月の明けた小寒の日。溜池をめぐる土手の道幅いっぱいに、一メートル位の細い蛇が、通せんぼをしている。跨ぐことはとても出来ない。陽だまりの道で、そのじっと動かない曲線を見つめるが、生きているのか死んでいるのか、分からない。しばらく声をかけていると、その足のない生きものは、細い目を開けてくねり始めた。

絡みつくぬめりとした感覚に背を向けて、歩き出す二本の足。爬虫類独特の冷たい感触に、陽差しが陰って、冬の雲が見おろしている。淡い紫がかった灰色の紐が絡みつく。何年もこの道を歩いていたのに、出会うことのなかった生きものの、季節はずれの出現。それをリアルだと認めるには、時間がかかった。胸の動悸が収まらない。家に引き返して、留守居をしていた巳年の男に告げると、半信半疑の顔をして、一笑に付された。

◆水野ひかる

みずの　ひかる
所属詩誌　「日本未来派」
著　　書　詩集『水辺の寓話』『シンケンシラハ』

時が流れても　忘れてはいけないこと

道元　隆

写真で見る私の伯父　話したことはない
中部太平洋方面で戦死　お骨はない
封書で親戚に送った　遺書と遺髪　私の傍に

全国から集められた若者たち　出撃は死
礎になって　故郷を　家族を守る一心で
神風特別攻撃隊　ロケット特別兵器　桜花
人間魚雷　回天　人間爆弾　伏龍　死ぬ覚悟
若者たちの夢は無残に打ち砕かれた
人が死んでいく　降伏するまで続いた

忠魂碑　毎年手を合わせる
コロナ禍であろうと関係ない　日本民族の証
日本はどうなるのだろう
戦争に巻き込まれるかもしれない
他国に侵略されるかもしれない
恐怖が次から次へと生じる

◆道元　隆

今　被爆国として蘇った
その原動力になったのは若者たちの死だ
日本人を守るために　自分の命を差し出した
遺書を目にすると　涙がとめどなく流れる
これでいいのか　真剣に考えろ
若者たちの声が　空から海から届く

戦争を知らない世代の国家
忘れてはならない事実
心に刻み続けなければならない
尊い命の犠牲があって　今日の私たちがいる
当たり前にできないこと
感謝しなければならないこと
平和な世の中　人を殺傷してはいけない
もってのほかだ　命の尊厳　尊い命だ

今　生かされている
もったいなくて　恐れ多くて
手を合わせるしかできない

みちもと　たかし
所属詩誌　「漁舟」
著　　書　詩集『R（ルート）156』『散居村の住人からの視点』

「キツネ」と「ニシン」

美濃吉昭

奈良　たぬき亭は
めずらしく手打ち蕎麦が旨い
墓参の帰り　いつものことだが
「キツネ」は　たぬき　にマグロ丼
「ニシン」は　ニシン蕎麦に枝豆と地酒二合をたのむ

ところがだ
マグロの下から
ビニールの切り身がとびだし
「キツネ」の眉が「ぴくっ」と動いた
「キツネ」は店の姐さんを呼ぶ

「申し訳ありません
すぐ、お取替えさせていただきます」
「もう、いいの……」と
「キツネ」は云って
ため息を　ついた

店長がとんできて平謝り
「キツネ」は　おだやかに注意する
勘定を家内の「キツネ」にまかせるとマグロはタダになった
そのとき
「ニシン」の俺は、天野忠さんの詩を思い出す
「しずかな夫婦」
勝気な娘との　お見合いの後

…………

それから遠い電車道まで
初めての娘と私は　ふわふわと歩いた。
――ニシンソバでもたべませんか　と私は云った。
――ニシンはきらいです　と娘は答えた。
そして私たちは結婚した。

…………

はじめて読んだのは
何年前だったのだろう?
「キツネ」も「ニシン」も若かった
が、あのときから　ニシン嫌いは変わらん

＊「たぬき」はきつね蕎麦の意　大阪の方言

みの　よしあき
所属詩誌　大阪詩人会議「軸」
著　　書　詩集『或る一年』

優曇華《うどんげ》の花が咲いたよ

宮尾壽里子

声さえ凍る　薄闇のなか
奇妙な花が咲いていた
花かとおもえば　卵のような
あるいは伝言のように

荒地の果てで生き埋めにされるものがいる
流砂かとも見極められぬ速さのなかで
足掻き戸惑うその叫び

薄羽蜉蝣　は
幼いころアリジゴクと呼ばれ
罪もない蟻を飲み込んできた
みた夢は野望となり　暴挙となり
いつか飛ぶものとなった　が
背負うものがあまりに重く　罪深く
中心を失い乱舞するばかり

◆宮尾壽里子

熱風に巻かれ
落下するその刹那
微かにきこえる声を聴く

這いあがれなかったものの
罪なき声のオクターブ
その
叫びの果ての静かなる沈黙

優曇華の花が　咲いたよ
産土から立ち昇る
悲の声
咎の烙印が消えるまで
赦しの封印が解かれるまで
読経に似た声がわたしの心窩を熱く打つ

＊優曇華の花　薄羽蜉蝣（幼名アリジゴク）の卵。吉兆、凶兆を暗示する。

みやお　じゅりこ
所属詩誌　「青い花」
著　　書　詩集『げっ歯類の憂鬱』『海からきた猫』

よぞらのまちに

都　圭晴

てのひらほどだった
あかりは　もう
ひかりをてばなし
きがついた　ぼくは
ときのなか

そらをさすびる
いちめんに　がらす
なんびゃくまい　にもなり
ひかりを　とじこめている
ここにいると
ぼくは　なんにんにも　なれる

ゆっくりがいい
みぎ　ひだり　みぎ　と　あゆむ
よるへ　ゆられ　ゆれて　いる
がらすのうみは　ひかりをつたう

◆都　圭晴

いきをつぐ

いくせんもの　きおくへと
うかんでいく　ひかりに　ぼくは
かさなり　みつめられ　みつめる

なまえはしらなかった
ひかることでしか
つたえられない　ものたちと　いる

みやこ　よしはる
所属詩誌　同人誌「組香」

アーリースプリング

宮崎陽子

ほら
はこべが
かたばみが　そおっと
芽を出した
桜は　まだ固い蕾
仰いだ天は　どこまでも青く
山はほんのり頬を染めているよう

風は
ひとりひとり
ひとつひとつ
満遍なく　優しく
愛しんで
繰り返される
命の連鎖

昨日よりは

◆宮崎陽子

明日に向かって
花は開き
実を結ぶ

今
命あふれる春がきた
アーリースプリング
この響き
あなたたちと感じたくて
あなたたちに届けたくて

みやざき　ようこ
所属詩誌　「万寿詩の会」

男は

村上久江

男は
寂しくそよぐ木立のようであった
妻を娶り　家を建て
休日は庭樹の手入れ　剪定し消毒し
老いたれば
丹精して育てた庭樹をながめ
静かな老後を　と
生涯の設計を立てた

時代は高度成長期
男の血筋をひく男の子二人を
自分の背丈を越す社会人に育て上げ
男の系譜に繋げた
娶った女も　男の築き上げていく
ささやかな城のなかで歳を重ねた

男の悠久の刻も流れた

◆村上久江

男は髪に霜をいただき
内臓にも霜をいただいた影が現れた
そして　余命が宣告された

夕闇のなか　男は
生涯の友のように慈しんだ庭樹の
根元に蹲り　枯葉を拾い　見上げ
一本一本の樹と対峙した
語りかけるように樹肌にふれ
緑の葉の静かに深い清らかな息づきに
己の必定の生の短さを思った

病のため痩せ細った身体
男に残された時は　あとどれほどか
闇はさらに　その闇の深さを増し
男をつつんだ
男は与えられた己の生涯に甘んじなければならなかった

むらかみ　ひさえ
所属詩誌　「文芸さんむ」
著　　書　詩集『遠くへ』『かくれんぼ』

そっぽを向く椅子の

村田　譲

夕刻近いヒロシマ公園は
屈託なく腕をくむ二人連れや
おしゃべりしている制服姿の学生たち
ジョギングしながらすり抜ける人が
いつもを憩いながら
中心には日常とかけ離れた
ガラスを失った窓枠
崩れかけのうえに乗っかっただけの鉄骨
建ち残る姿それらの
半分だけとなった壁の向こうに
忘れまいと
雄弁に訴えかける詩文
取り囲むように配置された石碑
古い橋の名前であったり
殉職のことであったりしながら
あぶり出す声を写しつつ
青色に満ちて透けている

◆村田　譲

そこから何歩か先に
壊れかけのドームこそが
もともとの居場所であったという
ここに柱の一部が横たわる
ただ、ドームから離れすぎたと
すこしばかりそっぽを向いて
ぽつねんと
自分語りする
背もたれも脚ももたずに
地面にぺたり、としているので
風雨が削り落とした角に触れ
手を置き、腰掛けてみると
わたしもちょっと斜めを向くのだ

物語られる近くて遠い距離
初めからそこに置かれていた椅子のように
爆風で飛ばされた
七十七年経た石の
誰のものでもない言葉で

むらた　じょう
所属詩誌　「小樽詩話会」
著　　書　詩集『渇く夏』『本日のヘクトパスカル』

あたたかな風になる

森木　林

なにかの　けはい
だれかの　たたずまいに
はっと　やわらぐ　ときがある

ほっと　ひといき
きもち　ほどけた

その　いっしゅんを
わすれずに　いて
わすれずに　いて

とまどいながらも
あなたも
また

あたたかな　風になる

あたたかな　風になる

もりき　りん
所属詩誌　「Rosa と Kernel」（詩の会 ROSA）

そのときまで

もりたひらく

手術台に　のる
お医者さんに　いのちを　あずける
自分の意思で　あずける

麻酔から　さめる
ああ　まだ　生きている
生かされている

無事に　返してくださって
ありがとう

私の　いのちは
天から　あずかったもの

しあわせになりなさい
周りの人を　しあわせにしなさい　と
天から　言付かったもの

これまで以上に
たいせつに　していこう
実り豊かな　人生でした　と
いつか　天に　お返しする
そのときまで

もりた　ひらく
所属詩誌　「ポエムの森」
著　　書　詩集『時を喰らった怪獣』『TICK TICK TICK』

島に咲く

森田好子

貴方は誰のために生きてますか
樹齢百年の梯梧の木に聞きます
今ここで根をはり葉を広げ花咲かせる梯梧として生きてます

庭の赤く艶やかなアマリリスに尋ねます
貴方の父がこよなく愛したアマリリスとして生きてます

野山　畑のあぜの花菖蒲白ゆりにも
甘い蜜をためこんで虫と運命共同体助け合って生きてます

台風しなやかに風よける生垣のハイビスカスにも
チョウを招き時に家畜の餌にもなる仏桑華として生きてます

土と太陽さえあれば生きてる花木たち
強く美しく咲くいやしの花　優しいまなざしに揺れる

◆森田好子

花は花の命を　人は人の命を生きる
与えられた命みな平等

もりた　よしこ
所属詩誌　「万寿詩の会」

追憶の一億二千万光年

山下佳恵

二〇二二年一月上旬
地球から一億二千万光年離れた巨大な恒星の最期が
リアルタイムで観測されたというニュースが流れた
その赤色巨星は研究チームが見守るなか
劇的な自己崩壊をして超新星になったという

光が一年間に進む距離を一光年だとしたら
それは一億二千万年前の出来事
地球は白亜紀前期で
恐竜の全盛期
そんな時代の出来事を
人類が見つめている

その恒星は超新星爆発を起こしたあと
残骸が
宇宙にバラバラに散り
漂い

また新しい星をつくっているかもしれない
地球は
私たちは
どこかの星の忘れ形見
偶然と
奇跡と
なにかの運命が重なって
いまがある

気が遠くなるような時間が流れても
いつまでも繁栄し
生き続けているものがないことを
いつか　いつの日か　終わりがくることを
考えさせられる
そのニュースが流れた一月の下旬には
終末時計が
一〇〇秒をきったと　伝えていた

やました　よしえ
所属詩誌　「潮流詩派」
著　　書　詩集『四つ葉のクローバー』『海の熟語』

異邦人

吉田享子

熾火のように赤いアンスリューム
夜になると決まって
真珠ほどの涙を浮かべ
一夜の悲しみを産み落とす

見知らぬ国の
見知らぬ部屋で
灰色のベールにつつまれた
千年の想いは
ときおり強い光を放つ

狂ったように身を灼く太陽
恋人の死は胸に刺さったまま
蒼い血を流しつづけている
　知らない　知らない
呪文のように思い出をなぞるだけ

◆吉田享子

月の光に抱きしめられて
風のそよぎに触れただろうか
一瞬を

明け方　まあたらしい涙は
はっとするほど美しく
床の上にころがっている

よしだ　きょうこ
所属詩誌　「ＰＯ」
著　　書　詩集『おしゃべりな星』『空からの手紙』

母の日の贈り物

吉田博子

母の日がきても長男のプレゼントが届かない
あきらめていたら
クロネコ宅急便が届いた
軽いけれど厳重に包みこんである
差出人は長男だった
わくわくしながら箱をあけた
中心に光るものがある
透き通るハイヒールが一つと
その中心にドライフラワーが飾ってある
美しい
夢があってうれしい
この齢でガラスのハイヒールがはけたなら
それをはいてパーティに行きたい
王子様がいて私のことを見つめている
豪華なお城でドレスを着て
踊りたい
夜の寝室にはいっても夢のようで

◆吉田博子

わくわくする
ステキな母の日の贈り物
若い気分にもどれたようで
長男に感謝した

よしだ　ひろこ
所属詩誌　「黄薔薇」
著　　書　詩集『母樹《ははぎ》』『立つ』

海の声

吉田義昭

海の声が聞こえる
消えた故郷を見つめながら
背後から物悲しく
遠い父たちの声と
音のない私の泣き声
波音でも海風でもなかった

白く輝いていた熱い砂
浜木綿の花も萎れ
朽ち果てた丸太が数本
錆びた金属板の下で這う
光を帯びた船虫たち
置き去りにされた私の影
この風景は私が失くした
無彩色の故郷の幻景だ

かつてこの村に建っていた

◆吉田義昭

私が生まれた廃家
過去を振り返らなかったから
少年時代に壊されていたのか
雨風か波の力で倒されたのか
それとも美しく自滅し
狂おしい家系の団欒の影の中で
透き通って消えていたのか

海に帰って来て
海の声を耳で聞かず
暖かな頬で聞いている
こうして私の時代も消え去り
海辺の故郷も私の原風景も
優しく忘れられていくだろう
きっとこの地に置き去りにされ
私の来歴も忘れられていくが
祖父のささやかな遺言で
僅かな遺骨を散骨した
父たちの海に忘れられてはいけない

よしだ　よしあき
所属詩誌　「ＰＯ」
著　　書　詩集『ガリレオが笑った』『結晶体』

夜の底で

来羅ゆら

海底に
人形たちが横たわっている
開かれた目の記憶
閉じることのない日々は
銀色の
絶え間ないきらめきの繰り返しに
揺れ
目の記憶は海によって溶解されている

壊れた時計は
循環する海のときを刻んでいる
永遠を一瞬に刻印するくるしみ
人形のもげた手とふれあうとき
海の時間と懐かしい時間がつながり
ギリギリと音を立てたが
いまでは海にときを委ねている

◆来羅ゆら

しずかな夜の海
海の底に夜が届く

人形たちの傍らで
壊れた時計の傍らで
魚たちは今日のいのちを
泳いでいる
終わる日までを泳いでいる

私たちは生きねばならない
魚のように生きねばならない

らいら　ゆら
所属詩誌　「ＰＯ」
著　　書　詩集『闇を泳ぐ』

小さなものの笑い

若見政宏

——硝子窓に氷の花が咲いたよ
わたしの謎掛けに　小さなものは
冬の窓を仰ぎ見る

風に吹かれた
ガム風船であろう
わずかに開いた窓を機敏にくぐり
ピンポン球ほどの
鈍く光る球体が
謎遣いめいて息を潜めている

小さなものは　咄嗟に
母を呼ぶ素振りをみせ　思いとどまり
背伸びし　虹色の玉に
フッと息を吹く
揺らぐ瞳に青空を映して

——あっ　壊さないで
　わたしに会いに来た玩具《おもちゃ》だから
飽くまで戯《ふざ》けるわたしに
小さなものは小さな声をたて笑った

そのはにかみの笑顔の老獪さよ

既におまえは真実を知りながら
それを胸の内にとどめ
知らない世界を垣間見た
暗黙の作り話を祖父と分かちあう
三歳の少年の共感の笑いだ

小さな冒険の森を通りぬけ
小さなものは急に深《ふ》けた顔となる

わかみ　まさひろ
著　　書　詩集『都市の物語』『欲望の街　流れる人』

映写機

渡ひろこ

人だかりをかき分けると、列車の前に立つ兄がいた
緊張して背筋をピンと伸ばした姿
昨日までの屈託のない面影は消え、強ばった表情
声をかけたくとも見えない壁があるようだった

見送りの激励　小旗が揺れる　万歳三唱
「行って参ります！」踵を返した瞬間　あっ…
兄の背嚢から林檎が一つ転がり落ちた
スローモーションで弾んでいく　弾んでいく　赤

咄嗟に身体が動いた　慌てて逃げていく赤を追いかける
やっとのことで追いつき、もどかしく掴み取ると
まっすぐ兄の元へ駆け寄り
「はい！」と林檎を手渡した

＊

◆渡ひろこ

脳裏に浮かび上がるセピア色の映像は
いつもそこで幕切れとなる
子供の頃、繰り返し母から聞いた出征のワン・シーン
それが母が最後に見た四つ年上の兄の姿だった

「南方の海で鱶のエサになっちゃった…」
魚雷で戦艦ごと沈んだ兄を偲んで
時折遠くを見つめるように呟く母の声が
今でも耳に残る

黄ばんだ写真の中、微笑む二十歳の青年
叔父だと教えられたのはいつの頃だっただろうか
叔父が存在した証の古いアルバムも
今は廃屋のどこかに埋没して
叔父の名前も母亡き後は知るすべもなく

唯一私の中に遺された映写機が
会えるべき人に会えない不条理を
カタカタカタと、リール音を鳴らしながら映し続ける

わたり　ひろこ
所属詩誌　「焔」「日本未来派」
著　　書　詩集『メール症候群』『柔らかい檻』

資料

イベント出演者一覧

第一〇〇回特別例会

昭和五七（一九八二）年六月一九日（土）

於　大阪府立文化情報センター

青木はるみ　三井葉子　横田英子　犬塚昭夫　日高てる　瀬野とし　水口洋治　山内　清　他不明

88ポエム「風」フェスティバル

昭和六三（一九八八）年一一月三日（木）

於　大阪府立文化情報センター

○開会挨拶・瀬野とし　○座談会・青木はるみ　明珍　昇　君本昌久　安水稔和　水口洋治　○パフォーマンス・北口汀子　美術・井上清造　音楽・服部　誠　○詩の朗読・島田陽子　真栄田義功　たなかよしゆき　河崎洋充　福田知子　横田英子　高橋　徹　瑞木よう　みくも年子　以倉紘平　中野忠和　日高てる　○音楽・歌・斎藤佳代　ピアノ・東　曜子　○閉会挨拶・水口洋治

ＮＨＫ・ＦＭ井戸端ジョッキー

平成元（一九八九）年三月二四日放送

午後6時〜7時

出演・瀬野とし　沢　夏子　和泉千鶴子　みくも年子　奥村和子　水口洋治

風　チェロ　水・in 中之島

平成元（一九八九）年六月四日（日）

於　大阪市立中央公会堂

○講演・小川和佑「昭和文学と西欧文化—立原〜三島〜春樹」　○立原道造の詩の朗読・河崎洋充　○詩の朗読とチェロによるコンポジション　福中郡生子　白川　淑　立川喜美子　和泉千鶴子　青木はるみ　中森　聖　福田万里子　吉武眞沙世　瀬野とし　麦　朝夫　○パフォーマンス「恋わたる中之島の水辺〜万葉と現代の恋歌」企画演出・水口洋治　出演・以倉紘平　河崎洋充　沢　夏子　下村和子　野島洋光　瑞木よう　水野麻紀　チェロ・北村豊三郎　○司会・西村博美　○開会挨拶・河内厚郎　○閉会挨拶・水口洋治　後援—大阪市　月刊文芸誌「関西文学」季刊詩誌「ＰＯ」…大阪市制百周年記念行事

89ポエム「風」フェスティバル

平成元（一九八九）年一〇月一〇日

於　大阪府立文化情報センター

○詩の朗読・平居　謙　細見和之　井上俊夫　奥野祐子　松本衆司　嵯峨京子　屋根正彦　下出祐太郎　西村博美　橋爪さち子　水谷なり子　金田　弘　青木はるみ　○シンポジウム「詩の朗読について」＊「ほんやら洞」の詩人×「ブラックパン」×「風」有馬　敲　日高てる　瀬野とし　○司会・モリグチタカミ　○コーラス・洛陽混声合唱団（猪上清子の詩による）指揮・金内孝宏　作曲・栗山良太郎　編曲・林保雄　ピアノ・伊藤真理子　○コンポジション「鬼がいる」企画演出・吉村祥二　キャスト・和泉千鶴子　河崎洋充　水口洋治　阿栗きい　音響・廣川大事　○開会挨拶・沢　夏子　○閉会挨拶・野島洋光　○前半司会・坂本達雄　○後半司会・みくも年子

詩を朗読する詩人の会「風」二〇〇回記念

91ポエム「風」フェスティバル

平成三（一九九一）年七月二八日（日）

午後0時30分～午後3時30分

於　大阪市立中央公会堂

○鼎談　文学の志について・片岡文雄　青木はるみ　水口洋治　○詩の朗読・井上俊夫　北口汀子　島田陽子　高橋　徹　中岡淳一　左子真由美　日高てる　福田万里子　松本昌子　山内清　○音楽　フルート独奏・橋本久美子　○司会・和泉千鶴子　藤木真衛　○開会挨拶・瀬野とし　○閉会挨拶・野島洋光

詩を朗読する詩人の会「風」創立二〇周年記念

94ポエム「風」フェスティバル

平成六（一九九四）年三月一三日（日）

午後1時～午後4時30分

於　大阪市立国際交流センター

○講演「花と恋」小川和佑〈桜と日本人〉、鄭民欽〈中国古典詩にみる花と恋〉○詩の朗読・青木はるみ　日高てる　水谷なりこ　島田陽子　福中都生子　左子真由美　津坂治男　中岡淳一　白川　淑　○音楽　ピアノ・三輪佐知子　フルート・小室佐和子　○司会・奥村和子　桐野かおる　○開会挨拶・漸野とし　○閉会挨拶・野島洋光　後援・「関西文学」の会　大阪文化団体連合会　大阪府文化振興財団

96ポエム「風」フェスティバル

平成八（一九九六）年一〇月二〇日（日）

午後1時30分より

於　ホテル・エコーオオサカ

○講演・上林猷夫「日本の名詩について」○詩の朗読・日高てる　福中都生子　白川　淑　下村和子　みくも年子　横田英子　原　圭治　平尾　哲　○風賞授賞式　（受賞者別記）及び受賞者による詩の朗読　○運営スタッフ・水口洋治　瀬野とし　野島洋光　田端宣貞　モリグチタカミ　左子真由美　中野忠和　奥村和子

99ポエム「風」フェスティバル

平成一一（一九九九）年六月三〇日（日）

午後1時より

於　尼崎市中小企業センター

○鼎談「交響の空間　詩・音楽・美術」画家・吉田廣喜　音楽家・森本昌之　詩人・水口洋治　○詩の朗読・青木はるみ　島田陽子　白川　淑　高橋　徹　中尾彰秀　福中都生子　日高てる　松尾茂夫　○風賞授賞式（受賞者別記）及び受賞者による詩の朗読　○演奏「コンポジション〈9〉」　9人の詩人の詩によるソプラノとオーケストラの響き×ロマン室内管弦楽団　指揮・井塚篤司　ソプラノ・田村博子　○閉会のあいさつ・野島洋光　○総合司会・中野忠和　奥村和子　○鼎談・演奏司会　左子真由美　○出版記念会「風」「PO」創刊二十五周年記念パーティ○司会　石村勇二　宮川礼子　○運営スタッフ・モリグチタカミ　新　哲実　中野忠和　野島洋光　佐古祐二　中尾彰秀　左子真由美　水口洋治

2002ポエム「風」フェスティバル

平成一四（二〇〇二）年六月一六日（日）

午後2時～5時半

於　KKRホテル大阪谷町

○来賓挨拶・杉山平一　○詩朗読・原　圭治　中尾彰秀　福中都生子　北村こう　佐相憲一　佐古祐二　名古きよえ　堀　諭　横田英子　橋爪さち子　○講演　水口洋治「戦後の時代区分論と現代詩」○音楽・田中千都子

「PO」「風」三〇周年記念フェスティバル

平成一六（二〇〇四）年二月二二日（日）

於　ウェルシティ大阪

（四ツ橋厚生年金会館）

○「風」と「PO」について　水口洋治　○講演　水口洋治「詩とは何か―演繹法と帰納法」○活躍する五人の詩人による朗読とピアノ・北村こう　もりたひらく　神田さよ　横田英子

藤谷恵一郎　ピアノ伴奏・土みゆ子　○「風」特別功労賞授賞式　野島洋光　詩集「木になった男の話」より朗読とピアノ　作曲・中尾彰秀演奏・土みゆ子　○「風」世話人による朗読と中尾彰秀ピアノインプロヴィゼイション・モリグチタカミ　佐古祐二　水口洋治　左子真由美堀　諭　○音楽・土みゆ子

2005ポエム・風フェスティバル

平成一七（二〇〇五）年六月二六日（日）

午後1時より

於　ウェルシティ大阪

（四ツ橋厚生年金会館）

○開会挨拶・水口洋治　○風賞授賞式　（受賞者別記）○講演「現代の詩における美の役割―世界の美が人々を勇気づける」佐古祐二　○シンセサイザー奏ソロ及び詩とのセッション　演奏・松尾泰伸　詩朗読・白川　淑　中尾彰秀○詩朗読・松田久実子　橋爪さち子　坂梨　開尾崎まこと　吉本　弘　佐藤勝太　○閉会挨拶・中尾彰秀　○第一部司会・モリグチタカミ第二部司会・左子真由美

2008ポエム・風フェスティバル

平成二〇（二〇〇八）年八月二四日（日）

於　大阪クリスチャンセンター（OCC）

○開会挨拶・左子真由美　○講演「『詩賛　大津絵』を語る」村田辰夫　○風賞授賞式　（受賞者別記）○詩朗読とピアノ演奏・北原千代○詩朗読・荒木彰子　安田風人　寺沢京子（ピアノ）岩国正次　蔭山辰子　おれんじゆう　○閉会挨拶・中尾彰秀　○第一部司会・モリグチタカミ　第二部司会・蔭山辰子

2011ポエム・風フェスティバル

平成二三（二〇一一）年八月七日（日）

於　エル・おおさか

○開会挨拶・佐古祐二　○講演「詩の力」横田英子　○風賞授賞式（受賞者別記）○「天の羊」による演奏と歌　○詩朗読・永井ますみ・佐藤勝太・平岡けいこ・田村照視・おしだとしこ・大西久代・武西良和・名古きよえ　○閉会挨拶・中尾彰秀　○第一部司会・蔭山辰子　第二部司会・近藤摩耶・左子真由美

詩を朗読する詩人の会「風」創立四〇周年記念
ポエム「風」フェスティバル２０１４
平成二六（二〇一四）年七月一三日（日）
於　大阪市中央公会堂（中之島）小集会室
○開会挨拶・佐古祐二　○来賓挨拶・横田英子
○講演「現代詩の希望」尾崎まこと　○風賞授賞式（受賞者別記）○フルート演奏・和田高幸
ピアノ・槙野仁美　○詩朗読・植野高志　神田さよ　司　茜　村野由樹　村田辰夫　○閉会挨拶・中尾彰秀　○第一部司会・モリグチタカミ
第二部司会・蔭山辰子／左子真由美

中原中也生誕一一〇年記念
ポエム「風」フェスティバル２０１７
平成二九（二〇一七）年九月一七日（日）
於　大阪キャッスルホテル
○開会挨拶・永井ますみ　○来賓挨拶・大倉元　○風賞授賞式　（受賞者別記）　○講演「生誕一一〇年・中原中也の可能性」中原　豊（山口市湯田温泉　中原中也記念館館長）　○歌曲
安田旺司（バリトン）　○　詩朗読・ハラキン
大西久代　遠藤カズエ　尾崎まこと　神原　良
福田ケイ　岡本真穂　吉田享子　○閉会挨拶・中尾彰秀　○第一部司会・左子真由美　第二部司会・榊　次郎／永井ますみ

詩を朗読する詩人の会「風」五〇〇回記念
大朗読会
平成三一（二〇一九）年一月二〇日
於　国際会議場グランキューブ大阪会議室
○風の歴史の話：榊次郎・左子真由美　○『アンソロジー風』より歴代最優秀賞作品の朗読・
片岡文雄　図子照雄　原　圭治　尾崎まこと・
青木はるみ　山本なおこ　魚本藤子（代読含む）
○持ち込み朗読

〈中止〉２０２０ポエム・風フェスティバル
一〇月一七日（日）に出版記念会および授賞式を予定しておりましたが、今般の新型コロナウイルス感染症の流行を受け、参加される皆様の健康・安全面を最優先に考えた結果、中止とさせていただきました。

「風」賞の募集・選考についての世話人会申合せ事項

二〇〇五年六月五日

詩を朗読する詩人の会「風」世話人一同

一九七四年二月二日を第一回とする詩を朗読する詩人の会「風」の歴史も、この度の「2005ポエム・風フェスティバル」の開催をもって三五五回を数えることになりました。この間、わたしたちは、詩を愛し詩作と詩の朗読を追求する仲間・友人として互いに励ましあうことをモットーとして、本会を運営してきました。

一九九六年に第一回を授賞した「風」賞は、本会の一九七四年以来の永きにわたっての歴史と伝統を踏まえ、活動の一層の普及・発展を願って創設されたものです。したがって、「風」賞の趣旨も、本会の日常の活動の延長線上のものとして考えています。

さて、わたしたちは、「風」賞が今回で第三回を迎え、定着してきたことを機に、「風」賞の募集・選考にあたっての申し合わせ事項をあらためて次のとおり確認いたしました。

①本賞は、詩を愛し詩作と詩の朗読を追求する仲間・友人として、すぐれた創作上の成果を讃えるとともに、創作活動の一層の発展を励ますものとする。

②特定の創作上の流儀や傾向にこだわらず広く募集し、私たち自身がどのような詩がすぐれた詩であるのかを模索し考えていく機会として、選考作業を行う。

③そうして、すぐれた詩の選考をとおして、わが国の詩の地平を切り拓き、詩界に刺激を与えることを展望する。

④選考に際しては、総意を形成するため、集団的討議を尽くす。

⑤選考方法については、選考会出席の世話人全員が一致して定める方法によるものとする。

■第一回風賞■『アンソロジー風Ｖ』
平成八（一九九六）年一〇月二〇日（日）
最優秀賞・片岡文雄／優秀賞・上田味左子　増田耕三　吉武眞沙世

最優秀作品

ムカシトンボ　四万十川トンボ自然館で

片岡文雄

何気なく堆積土の上におりたのが
過ちだったのだろうか
ひろげた羽をほんの少し後方にそらし
その姿を改めないままに凝固して
一億三千万年が過ぎてしまった
わたしが棲んでいたのは　もともと
ドイツはホルツマーデン地方のことだったが

本性である予定と秩序にそむく遊行を
中空にこれ見よがしに繰りひろげることなく
ということは
一切を口にしないでいることで
こうして石に化してしまったのだ
ひとは　このわたしを　なぜ
永劫の時間の檻に閉じ込められている　と
ため息つくのだろう

ふわりと天空を漂うことがいのちなら
たしかに　わたしは死んでいる
しかしまたわたしはこうも気づいている
時のひさしい経過のなかで
わたしには死も失われている　と
日夜も　その眠りと目ざめも　夢と性欲と
他の生きものとの抗いさえも
脱落していることを見てしまったのだ

五感をこえた一点にとどまることで
わたしは　やっと
劫初の入り口にさしかかったらしい

東アジアの一隅に
石片にとどまるわたしは購われてきたが
訪れる人はわたしを見おろしながら　だれも
わたしが曝した真実を見てはいない
自分はもうどれほど地上に生きられるか
束の間の歳月の過ぎ去りをかなしんでいる
そのくせ　わたしがいかにも無期の囚で
こうはなりたくない　という
その想いに引き裂かれて。

■第二回風賞■『アンソロジー風Ⅵ』
平成一一（一九九九）年六月二〇日（日）
最優秀賞・該当なし／優秀賞・飯島和子　石村勇二　増田耕三　山本耕一路

■第三回風賞■『アンソロジー風Ⅶ』
平成一四（二〇〇二）年六月一六日（日）
最優秀賞・図子英雄／優秀賞・門田照子　ひろい

最優秀作品

藤の鞘

図子英雄

初冬の朝　岨道《そばみち》をたどっていると
不意にびしぃんと　静けさが鞭打たれる
ドングリが落ちる音より
するどい金属的な高音で
耳もとをかすめる銃弾のように
大気がひび割れる
藤の鞘から身をもいだ鞘《さや》がはじける音だ
ぎゅうっと獣皮を圧搾したような
硬い扁平な鞘が土に激突した瞬間
烈しくねじれて　裂ける
ひらべったい飴色の種子は
翅を生やして
ちからのかぎり飛ぶ

みなづきの初め
淡紫の花房が散りおちると
葉芽に似た鞘形のちっちゃな粒が生まれ
陽ざしや風雨をこやしにして
二十センチちかく伸び下がる
分厚い果皮でしっかりとくるみ
野鳥の嘴から種子をいつくしみ育てながら
おのが身を干して
薄くうすくひき搾ってゆく
なかぞらに吊りさがる異様な護符――

師走の乾ききった寒い日
鞘ごと翅となって　はじけ飛ぶ

脳裏をよぎるのは
くろい炎に焦げる特攻隊の瞠《みひら》いた目が
つららの玉となったまま
錐揉みしてちぎれ落ちてゆく自爆の光景だ

びしぃん　びしぃん
怠惰な背中は鞭打たれつづける

■第四回風賞■『アンソロジー風Ⅷ』
平成一七（二〇〇五）年六月二六日（日）
最優秀賞・原　圭治／優秀賞・新井啓子　尾崎まこと

最優秀作品

海のエスキス

原　圭治

ゆらり　ゆらり　ゆらりと揺れながら
海は　たえず覗いている
自分の肉体のなかを

覗いているその眼を知っている
丁度　波頭が舞いあがり
白く光る　二枚の羽根になって飛ぶ
きらりとした暗いアイ・シャドウの眼
遠い北欧の悲哀を飲み込んで
オーロラにとり囲まれた　魅惑の黒い穴
神話の海蛇は　そこから這い出てくるから

ほの暗い喫茶店に座って
やがて　ぼくたちは会話をはじめる
消費的な愛について
降る雨に　びしょ濡れている
街路の　旗のような二人について
そこを通り過ぎるさまざまな色あいの
雨傘のしたの人生について

そして　すべての行き着くところには
河と海が接合するところの
苦みと　かすかな温かさが混合するように
互いの肉体を　愛撫しあう行為が待っていること
とを
いくつもの海の路は　そこから始まるから
ぼくが描こうとする線は混乱し　対象を失い
青春のエスキスは何枚も破り捨てられ
海溝深くに投げ込まれる

ぼくは　いま待ちながら見つめている
海というキャンバスに
今度こそ　決定的な線を描くために
海の　全てに触れることのできる瞬間を
じっと待っている

■第五回風賞■『アンソロジー風Ⅸ』
平成二〇（二〇〇八）年八月二四日（日）
最優秀賞・尾崎まこと／優秀賞・橋爪さち子・
横田英子

最優秀作品

あげは蝶

尾崎まこと

忘れたいことが
たった一つの手荷物
であるような旅がある

途中の深い峡谷には
吊り橋が架けられており
渡り口の小さな石碑には
〈大正何年何月何日　何々村の誰それが落下
　した〉
と刻まれていた

人ひとりがやっと通れる幅で
高所恐怖の僕は向こうから人が来れば
どうかわせばいいのだろうかと
気が気でない
目に映る生き物は自分だけ

姿のない鳥が鋭く叫び
けたたましすぎる蝉の鳴き声は
むしろ鳴かぬに等しく
谷は不気味に静まりかえっている

前だけを見て一足ごと
雲を踏むようにして渡っていくと
中ほどで同じく雲を踏む歩みの
あげは蝶に対面した
〈蝶ならわざわざ橋を渡らなくても良いもの
　を〉
僕の耳を魂の速度で掠めたとき
たしかに手負いの重い羽ばたきを聞いた
それは鎧の擦れ合うような
鈍い金属音だった

汗だくになって渡りきる
後ろのことは山も谷も
すべて忘れた

無数個の樹の瞼が開かれ
僕をまん中にして
再び激しい読経が始まった

■第六回風賞■『アンソロジー風X』
平成二三（二〇一一）年八月七日（日）
最優秀賞・青木はるみ／優秀賞・藤谷恵一郎

最優秀作品

息をつめて

青木はるみ

茶の間で
赤道直下ウガンダに棲息する巨大な鳥
ハシビロコウの映像を見ていた
この鳥はビクトリア湖の湿原で
不動の姿勢のまま何時間も静止
まばたきさえしない
創世記に神が〈光あれ〉と言われて
初めて光が発した
だから言葉には霊が宿っているとの
人間の言語観とは無縁の位置で
ハシビロコウの嘴は
更に脅威的であり更にユーモラスであった
まるで置物のように見えても
ハシビロコウは　ちゃんと息をしているのだ
息は〈生きる〉の〈生き〉である
ハシビロコウは〈息をしているもの〉として
息と共に言葉を発する人間のように
何らかの行動をおこすのだろうか
しかし　茶の間で　ひとり
えんえんと映像に対し息をつめている私こそ
無為である
それでも　今日　街角で
赤と青のゴム風船を貰ったことは特筆すべきだろう
帰宅してから夢中で私は息を吹きこんだのだ
膨らんだものは
〈息をしているもの〉として
逃れようとする
私の息は別の物体から発し消滅しようとする
だが直ちに押さえつけ捻りあげ
私は私の息を窒息させたのである
快感——ゆうらゆうら
いくら私が息をつめているにしても
ゴム風船から私の体温を含む重い息が漏れだすのだ
快感——ゆうらゆうら
決して言葉になり得ないものよ！
やがて　夜になる

■第七回風賞■『アンソロジー風XI』
平成二六（二〇一四）年七月一三日（日）
最優秀賞・山本なおこ／優秀賞・弘津　亨　吉田定一

最優秀作品

蝉　　　　山本なおこ

蝉がころがっている

羽は破れ　頭には穴があき　足はもげ
蟻たちさえ捨てていった

どこからどこまでぼろぼろの蝉だ

風が吹けば
からからと音をたて

月の明るい晩には
心臓さえ透けて見える

だが
見るがいい！
蝉の瞳を
シンバルを打ち鳴らしたような
夏の光を
今も激しく映しているではないか

■第八回風賞■『アンソロジー風XII』
平成二九（二〇一七）年九月一七日（日）
最優秀賞・魚本藤子／優秀賞・橋爪さち子

最優秀作品

未来　　　　魚本藤子

一本の線を横に真っ直ぐに引くと
いつでもどこでも
　すぐそこに
大地と空ができる

それから空と大地を繋ぐ垂直な線を書く
世界は少し複雑になる　でも
立ち止まらないで書き続ける
少し待っていると
きっと鳥がやって来るだろうから

垂直に立っている線が倒れないように
左右に広がったやわらかい線を書く
たとえ強い風が吹いてもその二本の線が
孤独な時間を支える

一枚の平面に正しく傾斜を書くことは
難しい
左右に広がった二本の線の傾きは
重心のかけ方によって
昨日になったり明日になったりする
けれど繰り返し何度も書いているうち
少しずつそれは木という丈夫な文字になる
それからそれは天を目指して
ぐんぐん伸びるだろう
さわさわと緑の葉も揺れるだろう
いつか　その頂に手が届かない
ただ見上げるばかりの大樹になるだろう

こどもは
一本の木を植えるような姿勢で
ノートに木という文字を書いている
その幼い苗木のような字が
窓からの陽ざしをあびて輝いている

■第八回風賞■『アンソロジー風XIII』
令和二（二〇二〇）年
最優秀賞・桑原広弥／優秀賞・増田耕三　吉田義昭

最優秀作品

天窓

桑原広弥

お前はそこにいた
朽ちかけた柴部屋の天井の梁から
小枝ほどのか細い足に身を任せて
お前は静かに揺れていた

お前は時折またたいていた
天からの贈り物のように
およそ禽獣にはほど遠い
まったき無垢の眼で
お前はじっと見おろしていた

漆喰のはがれた土壁に
薪が整然と積まれている
一途に生きて働いた人の
無欲の時間が重なり合う
父が柿の枝を切り

祖父が束ねた薪で
母は家族の飯を炊いた
結んだ縄の固さは
遠い約束のようだ
コウモリよ　お前は
それを知っているに違いない

ふた夏が過ぎ　薪は
ふたりの形見となった
へっついさんから白い煙が消え
母ひとりの生活が始まった
がらんとした百姓家で
母は　微笑みを忘れ
見上げることを忘れていた

夏の終わりの午後
小さな発見に母は驚きの声をあげた
天窓のひび割れた硝子板を通して
柔らかい光がコウモリを濡らしていた
「お前さん、いつからそこにおったたんな」
娘のように母が笑った

「風」ゲスト一覧

（アイウエオ順・但し、この三年間で新しくゲストになられた方はその項目の最後に記載）

ア　青木はるみ　明石裸人　秋野光子　飽浦敏　朝比奈宣英　後山光行　天野たむる（河井　洋）新井啓子　新井雅之　有馬　敲　粟田　茂　飛鳥　彰　秋元　炯　**イ**　飯島和子　井狩初子　以倉紘平　いしだひでこ　石村勇二　和泉千鶴子　伊勢田史郎　犬塚昭夫　猪上清子　井上　庚　井上俊夫　岩井　洋　岩国正次　岩渕欣也　井上哲士　今井　豊　いちかわかずみ　市原礼子　井上良子　**ウ**　植嶋亨介　上田味左子　上野山定由　梅崎義晴　**エ**　江口　節　**オ**　大西宏典　大場達也　岡崎　葉　岡本清周　岡本真穂　奥田和子　奥野裕子　奥村和子　小倉宏友　刑部あき子　尾崎まこと　おしだとしこ　小田悦子　落合みち子　小野田潮　姨嶋とし子　おれんじゆう　大倉　元　大西久代　おおばやし芳子　大西隆志　**カ**　蔭山辰子　片岡文雄　片山　礼　桂あさみ　かとうじゅんいちろう　金田　弘　金堀則夫　椛島　豊　香山雅代　河井　洋　川中實人　川端喜代美　河崎洋充　神田好能　神田さよ　梶谷忠大　方韋子　金川宏　和比古　彼末れい子　**キ**　木澤　豊　岸田美智子　喜尚晃子　喜多鉄男　北口汀子　北原千代　北村こう　北村　真　君本昌久　木村ミチ　桐野かおる　金　時鐘　清崎進一　清沢桂太郎　**ク**　くりすたきじ　熊井三郎と「１００円詩集」の仲間たち　**コ**　小林尹夫　近藤久也　近藤摩耶　香咲　萌　**サ**　斎藤直巳　佐伯　洋　嵯峨京子　榊　次郎　坂本達雄　作井　満　佐古祐二　左子真由美　佐光希未子（三好希未子）　佐相憲一　佐藤栄作　佐藤勝太　真田かずこ　佐山　啓　沢　孝子　沢　夏子　沢木　進　榊次郎と「軸」の仲間たち　阪井達生　**シ**　志田静枝　紫野京子　嶋　博美　島　秀生　島田陽子　清水正一　下村和子　下出佑太郎　白川淑　正　眸子　下前幸一　清水一郎　**ス**　すえかわしげる　末広　康　杉山平一　鈴木賀恵　すみくらまりこ　**セ**　瀬野とし　**ソ**　曽我部昭美　**タ**　高明浅太　高谷和幸　高田文月　高橋徹　滝本　明　武田信明　武西良和　武村雄一　立山澄夫　立川喜美子　田中国男　田中紀子　田中宏和　たなかよしゆき　多弥雅雄　田端宣貞　玉川侑香　高丸もと子　田村照視　タニウチヒロシ　田島廣子　たひらこうそう　**ツ**　司茜　司　由衣　津坂治男　釣辺与志　**テ**　寺沢京子　寺田　操　**ト**　冨上芳秀　ときめき屋正

平　外村文象　冨　哲也　冨岡みち　鳥越ゆり
子　戸田和樹　ナ　直島順子　中岡淳一　永井
ますみ　中尾彰秀　中塚鞠子　中西弘貴　中野
忠和　中森　聖　名古きよえ　名古屋哲夫　苗
村和正　奈津光平　永宮　勉　中西　衛　長岡
紀子　ニ　西田彩子　西村博美　西　きくこ
西田　純　ネ　根来眞知子　ノ　野島洋光　野
田祥史　ハ　橋口しほ　橋爪さち子　原　圭治
春木吉彦　畑中暁来雄　播磨カナコ　ヒ　久永
元利　日高てる　平居　謙　平井シズ　平尾
哲　平野裕子　平原比呂子　廣岡昌子　広岡曜
子　平岡けいこ　日高美里　フ　福田知子　福
田万里子　福中都生子　藤岡俊子　藤沢滋子
藤谷恵一郎　藤本数博　藤本真衛　藤本真理子
藤原節子　淵上輝夫　福岡公子　風呂井まゆみ
ホ　細見和之　堀　諭　「ＰＯ」の会のみなさ
ん　マ　真栄田義功　前田経子　正岡洋夫　桝
谷　優　増田耕三　松本昌子　松本衆司　丸山
創　丸山真由美　松村信人　ミ　三木英治　み
くも年子　瑞木よう　水口洋治　水谷なりこ
水野麻紀　三井葉子　南村長治　美濃千鶴　宮
内徳男　宮川　守　宮川礼子　宮城恒敏　宮田
恭子　明珍　昇　宮崎　隆　水月りら　三浦千
賀子　水崎野里子　美濃吉昭　ム　向井ひろ江
麦　朝夫　村上久雄　村田辰夫　村野由樹　モ
毛利真佐樹　桃谷容子　森ちふく　もりおかの
ぶこ　モリグチタカミ　森下陶工　もりたひら
く　森下和真　ヤ　薬師川虹一　安水稔和　安
森ソノ子　柳内やすこ　屋根正彦　山内　清
山内　龍　山川公恵　山口格郎　山口賀代子
山口三智　山口容視子　山崎寿々子　山下　徹
山田英子　山田　博　山中従子　山本格郎　山
本博文　山本なおこ　山田兼士　ユ　由良恵介
ヨ　横田英子　吉井　淑　吉田祥二　吉武眞沙
世　吉本　弘　吉田定一　吉田享子　ラ　来羅
ゆら　リ　劉　燕子　リヴィエールの仲間たち

世話人あとがき

詩を朗読する詩人の会「風」とのなれそめ

市原礼子

私が、詩を朗読する詩人の会「風」の存在を知ったのは、二〇一二年の夏に、関西詩人協会に入会したことから始まる。

志賀英夫さんの主宰する「柵」の通信欄で、杉山平一さんの詩話会があることを知り、西宮の会場に行った。すると、杉山平一さんは詩話会の直前に亡くなられ、急遽、追悼の詩話会になっていた。佐古祐二さんが杉山さんの詩について講演された。会の終わり頃に、杉山さんの詩集『希望』にちなみ、参加者全員が「希望」をタイトルとした短詩を作り、その場で読み上げることになった。そのような即興の詩の朗読は、杉山さんがよくやられていたそうだ。司会者の言葉で皆、十五分ほどで短詩を作り朗読した。参加者は、四十人くらいはいたと思う。初めての経験で、さすが詩人の集まりは違う！　と新鮮に感じた。

それまで私は大阪に二十年以上住んでいたのに、関西の詩人との交流がなかった。それからは、毎月「風」の会に参加して、詩人の話を聞くことが楽しみになった。ゲストの詩人が自分の詩を朗読して、解説をされる。初めてお会いする方ばかりで、詩の朗読を介して、詩人を深く知ることができた。純粋に詩について話ができる、楽しい時間だった。振り返ると、それは私自身の詩作の成長にもつながったように思う。

それから十年がたち、いま私が世話人の役を引き受けているのは、お世話になったお返しをしているという気持ちである。バトンを渡され、次の方に手渡す少しの間、お預かりをしている。これまで「風」の会を運営してきた方々に敬意を表したい。誰のためでもなく、詩が好きな人たちの集まる場として、続いてほしいと願っている。

「凬」のごとくに

左子真由美

「詩を朗読する詩人の会『凬』」が初めて開かれたのは、一九七四年二月二日のことですので、今年で49年目に当たります。最初は梅田のクラシック喫茶「日響」での出発でした。その後、あちこちに場所を移し、転々としながらも続いてきました。私はまだ日響で開かれていた頃、たまに参加するくらいでしたが、大変印象に残っている会があります。ゲストが港野喜代子さんの会でした。私はまだ二十代で詩人という人たちの存在も知りませんでしたが、その日参加して驚きました。会場はいっぱいの人。階段にも座っている人がいてゲストの朗読に聴きいっていました。港野さんは何と、手にすみれの花束を持って朗読しておられました。何て素敵！　初めて詩人という存在に触れた思いがしました。そんな忘れられない一場面があり、何度か参加しているうち、いつしか世話人になっておりました。

この会の素晴らしいところは全く何の制約もないというところ。参加するのに申し込みも要らなければ、次の回に参加するという約束も要らない。要するに誰もが「凬のごとくに」という気楽さです。毎回のゲストによって会場の雰囲気が全く変わります。そして、楽しいのは参加者による感想。これまた詩に新しい発見を与え、詩の魅力、楽しさを引き出してくれます。会が終わっての帰り道、何かしら形のない充実感でいっぱいになったものでした。

朗読は翻訳であるとよく思います。どんな凬に読むかによって詩の解釈が変わってきます。声の強弱、イントネーション、声質などによってその場限りのパフォーマンスが現れます。私はなぜか流暢な上手い朗読より、訥々と読まれる朗読に心惹かれます。詰まりながらでも、伝えようとする心に感動して胸がいっぱいになることがあります。紙に書かれた詩・ことばが声となってその場で飛び立ち、聴いている人の胸に届く、朗読ならではの楽しさなのでしょう。これからも凬のごとく自由に、詩を愛する人たちによってこの会が続いていきますように、と祈ります。

アンソロジーの意味

永井ますみ

詩を書き始めた頃は大きな本、アンソロジーに誘ってもらうと、とても嬉しかった。新作で挑戦したこともあるし、合評会などで割合い好評だった詩を提出したこともある。マイブームで、これこそと思って出したこともあった。掲載されるのは、地名を冠した詩というしばりの『神戸市街図』とか、地域ごとに集めてある『隔年・生活語詩集』とかは別であるが、大方は〈あいうえお順〉である。そうそう、これはどうかと思ったが、例外的に高齢者順に並べたアンソロジーもあった。

やがて自分の名前「永井」が、〈あいうえお順〉の真ん中あたりにあって、全然目立たないことに気がついた。分厚い本であれば分厚いほど、スルーされると思った。有名人であれば、真ん中にあってもチェックされるかも知れないけど、大方は前から順に読み進めるものだから、真ん中辺りで草臥れてしまう。という訳でこのところ、私は特に大きなアンソロジーには参加をしていない。

今はアンソロジー参加を勧める立場になってしまった。そこで参加の意味を考えた。一つは先述の通り、自分で「これこそ」という詩を残すこと。また一つは同時代の人達と共に掲載されることだろうか。

過去の同人誌をスキャンしたりして、詩人を塊で見ることの多い最近は、時代性とか同時代を意識することが増えた。共に生きている、それぞれの人を目の片隅に置いて意識しながら、先輩達も書いてきたのだ。

そして、図らずも多くの参加者の目が、その時代を見ていることを発見する。今回の作品も、なかなか行方の読めないウクライナとロシアの戦争を書いた詩が非常に多かった。

細く長い一本の道

榊　次郎

四九年間、会場を変えながらも、途絶えることなく、日本で唯一、開かれた朗読会として開催してきました。冒頭のご挨拶でも紹介していますが、今振り返ると、こんなに長く続くとは思いもしなかったことです。ひとえに歴代の世話人による尽力の賜物でした。人前で朗読することで黙読とは違い、作者の作品に込められた思いが直に伝わってくるのが朗読会の良さです。

誰もが小学生時代に、詩や童話の一節など、朗読を体験しましたが、歳が長けるほど黙読に移り替わっていったのではないでしょうか。人前で自分の考え、思いを朗読の形で伝えることが、閉塞感が漂う時代を払拭する為にも益々、力を発揮することになっていくことになるでしょう。

細く長い一本の道筋だった〈詩を朗読する詩人の会・風〉の果たした成果は、この会で出会った人たちと人脈を広げることができ、同人誌の立ち上げや、また関西詩人協会に入会を勧めることができたことなどです。

身銭をはたいて詩集を出版しても、日本の書店では売れず、仲間内に配ることで精いっぱいの状況です。せっかく出版した詩集の作品を、ひとりでも多くの方たちに知っていただくために、毎回ゲスト出演してもらう形をとってきました。また、自作詩の飛び入り朗読も恒例となってきました。

これからも、詩の復権をめざし、全国で朗読会が盛んになることを願っています。

アンソロジー風 XIV　2023

2023年8月1日　第1刷発行

編　集　詩を朗読する詩人の会「風」
発行人　左子真由美
発行所　㈱竹林館
〒530-0044　大阪市北区東天満2-9-4　千代田ビル東館7階FG
Tel　06-4801-6111　Fax　06-4801-6112
郵便振替　00980-9-44593
URL http://www.chikurinkan.co.jp
印刷・製本　モリモト印刷㈱
〒162-0813　東京都新宿区東五軒町3-19

ISBN978-4-86000-501-6　C0092